新 潮 文 庫

ガ ラ ス の 街

ポール・オースター
柴 田 元 幸 訳

JN286648

新 潮 社 版

9780

ガラスの街

1

そもそものはじまりは間違い電話だった。真夜中にベルが三度鳴り、向こう側の声が、彼ではない誰かを求めてきたのだ。ずっとあとになって、自分の身に起きたさまざまなことを考えられるようになったとき、彼は結局、偶然以外何ひとつリアルなものはないのだ、と結論を下すことになる。だがそれはずっと先のことだ。はじめはただ単に出来事があり、その帰結があった、それだけだ。違った展開になっていた可能性はあるのか、それともその知らない人間の口から発せられた最初の一言ですべては決まったのか、それは問題ではない。問題は物語それ自体であり、物語に何か意味があるかどうかは、物語の語るべきところではない。

クインについては、取り立てて言うべきことはほとんどない。彼が何者で、どこからやって来て、何をしていたのかはさして重要でない。たとえば我々は、彼が三十五歳だったことを知っている。かつて結婚していたことがあり、かつて父親だったことがあり、妻も息子もこの時点では死んでいたことを知っている。我々はまた、彼が作家だったこと、正確に言えばミステリー作家だったことも知っている。それらの作品はウィリアム・ウィルソンという名で書かれ、およそ一年に一冊の割合で刊行されて、それによってニューヨークの小さなアパートメントでつましく暮らすのに十分な収入が得られていた。一冊の小説に費やす時間はせいぜい五、六か月だったから、一年の残りは好きなことをしていられた。本をたくさん読み、美術館に行き、映画に通った。夏はテレビで野球を観《み》た。冬はオペラに行った。だが彼が何より好んだのは、散歩だった。ほとんど毎日、雨でも晴れでも、暑くても寒くても、アパートメントを出て街を歩き回った。理由があってどこかへ行くのでは決してなく、どこであれ単に足が向いた方へ行ったのである。

ニューヨークは尽きることのない空間、無限の歩みから成る一個の迷路だった。どれだけ遠くまで歩いても、どれだけ街並や通りを詳しく知るようになっても、彼はつねに迷子になったような思いに囚《とら》われた。街のなかで迷子になったというだけでなく、自分のなかでも迷子になったような思いがしたのである。散歩に行くたび、あたかも自分自身を置いていくような気分になった。街路の動きに身を委《ゆだ》ね、自分を一個の眼に還元することで、考えることの義務から解放された。それが彼にある種の平安をもたらし、好ましい空虚を内面に作り上げた。世界は彼の外に、周りに、前にあり、世界が変化しつづけるその速度は、ひとつのことに長く心をとどまらせるのを不可能にした。動くこと、それが何より肝要だった。片足をもう一方の足の前に出すことによって、自分の体の流れについて行くことができる。あてもなくさまようことによって、すべての場所は等価になり、自分がどこにいるかはもはや問題でなくなった。散歩がうまく行ったときは、自分がどこにもいないと感じることができた。そして結局のところ、彼が物事から望んだのはそれだけだった——どこにもいないこと。ニューヨークは彼が自分の周りに築き上げたどこでもない場所であり、自分がもう二度とそこを去る気がないことを彼は実感した。

かつてはクインにも、もっと野心があった。若いころには詩集を何冊か出し、戯曲や文芸評論を書いて、大著の翻訳も何冊かやった。だがまったく突然、そうしたことをいっさいやめてしまった。僕のなかのある部分が死んだんだ、そいつがまた戻ってきて僕にとり憑《つ》くなんて御免だね、と彼は友人たちに語った。ウィリアム・ウィルソンという名を使いはじめたのもそのころだった。もはやクインは、本を書ける人間としての彼ではなかった。そして、多くの意味において存在はしつづけたが、もう自分以外の人間のために存在することはやめていた。

ものを書きつづけたのは、自分にできると思えたのはそれだけだったからである。ミステリー小説というのは妥当な解決策に思えた。ミステリーに必要な込み入ったストーリーを考え出すのにはほとんど苦労しなかったし、まるで努力など要らぬかのように、時には自分でも意外なくらいうまく書けた。自分のことを、自分が書いたものの著者だとは思わなかったから、その本に対して責任がある気はしなかったし、したがって心のなかでその本を弁護する義務も感じなかった。ウィリアム・ウィルソンとは結局のところ架空の人物なのだ。たしかにクイン自身のなかで生まれはしたが、いまや独自の生を生きている。クインは敬意をもって彼に接し、時には讃嘆《さんたん》の念さえ覚え、自分とウィリアム・ウィルソンとが同一人物だなどと信じたりはしなかった。だから、筆名の仮面のうしろから表に出ようともしなかった。エージェントはいたが、会ったことは一度もなかった。やりとりはもっぱら郵便で行なわれ、そのために郵便局に私書箱を借りていた。出版社とも同じことで、印税、原稿料、謝礼などはすべてエージェントを通して支払われた。ウィリアム・ウィルソンによる本には、著者の写真や略歴はいっさい載っていなかった。ウィリアム・ウィルソンはどの作家年鑑にも出ていなかったし、インタビューにも応じず、送られてきた手紙はすべてエージェントの秘書が返事を書いた。クインから見るかぎり、彼の秘密を知る人間は一人もいなかった。はじめのうちは、彼が書くのをやめたと聞き知った友人たちが、どうやって暮らしていくつもりかと訊《たず》ねたものだった。それに対して、彼はいつも同じことを答えた——妻が僕名義の信託資金を残してくれてね、と。だが実は、妻には財産など一銭もなかった。そして実は、彼にはもう友人など一人もいなかった。

それ以来、すでに五年が経《た》っていた。いまでは息子のこともあまり考えなかったし、つい最近妻の写真も壁から外してしまった。時おりふと、三歳の子供を両腕に抱く感触が戻ってくることはあったが、それは考えるというのとは少し違っていたし、思い出すというのでさえなかった。それはひとつの肉体的感覚であり、体のなかに残された過去の刻印であり、自分で制御できるものではなかった。いまではそういう瞬間の訪れも減ってきていて、たいていのことに関し物事は彼にとって変化しはじめているように思えた。もう死にたいとも思わなかった。と同時に、生きているのが嬉《うれ》しいわけでもなかったが、少なくとも生きていることを憤《いきどお》ったりはしなかった。自分が生きていること、その事実の執拗《しつよう》さに、少しずつ魅惑されるようになってきていた。あたかも自分が自分の死を生き延びたような、死後の生を生きているような、そんな感じがした。いまでは明かりをつけたまま眠ることもなかったし、もう何か月ものあいだ、自分が見た夢をひとつも思い出していなかった。

夜だった。クインはベッドで横になって煙草《たばこ》を喫《す》い、雨が窓を打つのを聞いていた。いつ止《や》むのだろう、と彼はふと思い、朝になったら俺は長い散歩に出る気分だろうか、それとも短い散歩だろうか、と考えた。脇《わき》にある枕《まくら》の上には、マルコ・ポーロの『東方見聞録』が伏せて置いてある。二週間前にウィリアム・ウィルソンの最新作を書き上げて以来、クインはずっとぼうっとしていた。語り手の探偵マックス・ワークはいくつもの込み入った事件を解決し、何回か袋叩《ふくろだた》きの目に遭い、何回か危うく命拾いして、そのせいでクインも何となく疲れてしまっていた。何年もやっているうちに、ワークはクインにとって非常に近しい人物になっていた。ウィリアム・ウィルソンはいつまで経っても抽象的な存在だったが、ワークの方はどんどん生命を帯びてきていた。クインを元に出来上がった三位一体《さんみいったい》のなかで、ウィルソンは一種の腹話術師として機能し、クイン自身は人形、そしてワークは命ある声としてこの営みに目的を与えていた。ウィルソンはひとつの幻想であれ、ほか二人の生に根拠を与えている。実在はせずとも、クインが自分自身からワークへと渡っていくための橋となってくれている。そして少しずつ、ワークはクインの生活において確固たる一個の存在になっていった。彼の心のなかの兄弟、孤独のなかの同胞に。

クインはマルコ・ポーロの本を手にとり、ふたたび一ページ目を読み出した。「我々は、我々の本がいかなる類《たぐい》の作り事からも自由な、正確そのものの記録となるよう、見たことを見た通りに記し、聞いたことを聞いた通りに記すであろう。したがってこの本を読まれる方々、その朗読を聞かれる方々は皆、全面的な信頼をもって読み、聞いて下さってよい。この本は、真実以外は何一つ含まないからだ」。クインがこれらの文の意味を考え、そのきっぱりとした保証の言葉を頭のなかで検討しはじめたちょうどそのとき、電話が鳴った。ずっとあとになって、その夜の出来事を再構築できるようになったとき、時計に目をやったこと、時計が十二時過ぎを指していたこと、こんな時間になぜ電話がかかってくるんだろうと訝《いぶか》ったことをクインは思い出すに至る。たぶん悪い知らせだ、とクインは思った。ベッドから這《は》い出て、裸で電話まで歩いていき、二度目のベルが鳴ったところで受話器をとった。

「はい？」

電話の向こう側で長い間《ま》があった。クインは相手が電話を切ったのかと思った。それから、あたかも遠いところから届いたような、いままで聞いたどんな声とも似ていない声が聞こえてきた。それは機械的であると同時に感情のこもった、ほとんどささやきに近い、だが完璧《かんぺき》に聞きとれる声だった。口調はまったく平板で、男の声なのか女の声なのかもわからなかった。

「もしもし?」とその声は言った。

「どなたです?」クインは訊《き》いた。

「もしもし?」声がもう一度言った。

「聞いてますよ」とクインは言った。「どなたです?」

「ポール・オースターですか?」と声が訊ねた。「ポール・オースターさんと話したいんです」

「そんな名前の人はここにはいませんよ」

「ポール・オースターです。オースター探偵事務所の」

「お気の毒ですが」とクインは言った。「番号違いでしょう」

「とても緊急の用件なのです」と声は言った。

「私には何もしてあげられません」とクインは言った。「ここにはポール・オースターなんていないんですから」

「そういうことではありません」と声は言った。「時間が迫っているのです」

「じゃあもう一度かけ直してごらんなさい。ここは探偵事務所じゃないんです」

クインは電話を切った。冷たい床に立ったまま下を向き、自分の脚を、膝《ひざ》を、うなだれたペニスを見下ろした。ほんの一瞬、つっけんどんにふるまったことを後悔した。もうちょっと相手をしてみたら面白かったかもしれないな。ひょっとしてその用件とやらについて、何かわかったかもしれない。ひょっとして何らかの形で助けてやれたかもしれない。「もっとすばやく考えられるようにならないと」とクインは思った。

たいていの人がそうであるように、クインは犯罪というものについてほとんど何も知らなかった。誰かを殺したことも、何かを盗んだこともなかったし、そういう経験のある人間が知りあいにいたりもしなかった。警察署に足を踏み入れたこともなければ、私立探偵に会ったことも、犯罪者と口をきいたこともなかった。こうした事柄をめぐる彼の知識は、すべて本や映画や新聞から学んだものだった。だがそれをハンディキャップだとは思わなかった。自分が書く物語においてクインに興味があるのは、物語と世界との関係ではなく、物語とほかの物語との関係だった。ウィリアム・ウィルソンになる前から、彼はミステリー小説を愛読していた。大半のミステリーは出来もお粗末で、ちょっとでも吟味してみればたちまちボロが出る代物《しろもの》であることも承知していたが、それでもミステリー小説という形式に彼は惹《ひ》かれていた。よほどひどい出来でないかぎり、読む気が失《う》せるということはまずなかった。ほかのジャンルの本に対する好みはきわめて厳格で、偏狭《へんきょう》と言ってもいいくらいうるさいのに、ことミステリーに関してはほとんど無差別に受け入れた。気が向けば続けて十冊以上読むのも苦にならなかった。それは彼を捉《とら》えている一種の空腹であり、特別の食物に対する渇《かつ》望《ぼう》だった。存分に食べるまで彼はやめなかった。

これらの書物について彼が好んだのは、その無駄のない、隅々まで意味が詰まっている感覚だった。よく出来たミステリーにあっては、何ひとつ浪費されはしない。すべてのセンテンス、すべての単語、意味のないものはひとつもない。かりに意味がないとしても、潜在的には意味を持ちうる。ならば結局は同じことだ。書物の世界は命を帯び、さまざまな可能性に満ち、多くの秘密や矛盾をたたえている。見られたこと、口にされたことすべて、どんなに些《さ》細《さい》で取るに足らぬものでも物語の結果につながりを持ちうるのだから、読者は何ひとつ見逃してはならない。すべてが本質になる。出来事がひとつ起きて物語を先へ推し進めるたびに、書物の中心も移動する。とすれば、中心はあらゆる場に遍在するのであり、結末にたどり着くまでいかなる円周も描けはしない。

探偵とは、すべてを見て、すべてを聞き、事物や出来事がつくり出す混沌《こんとん》のなかを動き回って、これらいっさいをひとつにまとめ意味を与える原理を探し出す存在にほかならない。実際、作者と探偵は入れ替え可能である。読者は探偵の目を通して世界を見る。探偵の目を通して、数々の細部の増殖を、あたかも初めて味わうかのように味わう。探偵は自分の周囲にある物たちに対し、つねに覚醒《かくせい》している。あたかもそれらが、彼に語りかけようとしているかのように。あたかもそれらに対して彼が向けている注意深さゆえ、物として存在しているという単純な事実以上の意味をそれらが有しはじめようとしているかのように。私立探偵《プライベート・アイ》。クインにとってその言葉は三重の意味を持っていた。「探偵《インベスティゲイター》」の頭文字iであるだけでなく、「私」を表わす大文字のIたる、息をする自己の身体《からだ》に埋もれた小さな生の芽。と同時に、それはまた、作者の物理的な眼《アイ》でもある。自分自身のなかから外の世界へ目を向けて、世界が彼に向かってみずからを顕《あら》わすよう求める人物の眼でもあるのだ。クインはもう五年、この三つどもえの語呂《ごろ》合わせのなかで生きていた。

　言うまでもなく、クインはとっくの昔に、自分をリアルだと考えることをやめていた。もしいまも自分が世界のなかで少しでも生きているとすれば、その生はマックス・ワークの架空の身体を介した、一段へだたった生である。それに対して、彼の探偵は、必然的にリアルでなければならない。探偵小説の本質がそれを要求している。クイン自身は、自分が消えるままに任せ、隠者めいた奇妙な生活の奥にこもっていく一方、ワークは他者たちの世界で生きつづけた。クインが消えれば消えるほど、その世界でのワークの存在はますます堅固になっていった。クインはどこにいても場違いな気まずさを感じがちだが、ワークは何ごとにも動じず、舌の回転が速く、どんな場所に迷い込んでも平然としている。クインにとっては厄介そのものの事柄も涼しい顔で受けとめ、波瀾万丈《はらんばんじょう》の冒険もこの上ない落着きと無関心をもって切り抜ける。創造主としてはつねに感嘆するほかなかった。クインがワークになりたいと思った、というのとはちょっと違う。ワークのようになりたい、というのでもない。むしろ、本を書いているあいだワークになったふりをすること、たとえ頭のなかだけであれその気になれば自分だってワークになる力があるのだと思えること、それがクインを励ましたのである。

その夜、ようやくうとうと眠りにつきながら、ワークならあの電話の人物に何と言っただろうか、とクインは想像してみた。あとで忘れてしまった夢のなかで、クインは一人きりでどこかの部屋にいて、何もない真っ白な壁に向けて拳銃《けんじゅう》を撃っていた。

翌日の晩、クインは不意をつかれた。あの件はもう終わったものと決めて、また電話がかかってくるとは思っていなかったのだ。トイレに座って、まさに大便を一かたまり排出している最中に電話が鳴ったのである。時刻は前の晩よりいくぶん遅く、おそらく一時十分前くらいだった。マルコ・ポーロが北京から廈門《アモイ》への旅を語る章にちょうど達したところで、開いた本が、小さなバスルームのなかで用を足しているクインの膝の上に載っていた。電話のベルは苛立《いらだ》たしい以外の何ものでもなかった。すぐ出るためには尻《しり》を拭《ふ》かずに立ち上がらねばならず、そんな状態で電話まで行くなんて冗談じゃない。反面、普通の速さで用を片付ければ電話には間に合うまい。そうとわかっても、クインは動く気になれなかった。そもそも電話などそんなに好きではなく、処分してしまおうかと思ったことも一度ならずあった。何より嫌なのは、その専制ぶりだった。電話はクインがやっていることを、彼の意志に反して妨げる力を持っている。のみならず、いつもかならず、結局クインもその命令に屈してしまうのだ。だが今回、クインは抵抗を試みた。ベルが三回鳴ったころには、出すべきものは出し終えていた。四回鳴ったところで、尻を拭く作業が済んだ。五回鳴ったとともにズボンを上げてバスルームを出て、落ち着き払って電話に向かっていた。六回目で受話器をとったが、向こう側には誰もいなかった。相手はすでに電話を切っていた。

その次の晩、クインは用意ができていた。ベッドの上に寝そべって、『スポーティング・ニューズ』を熟読しながら、三度目の電話がかかってくるのを待った。時おり、どうにも落ち着かなくなると、立ち上がってアパートメントのなかを歩き回った。レコードを――ハイドンのオペラ『月の世界』を――かけて、はじめから終わりまで聴きとおした。なおもさんざん待った。二時半になり、とうとうあきらめて眠った。

次の夜も待ったし、その次の夜も待った。見当違いだったんだ、もういい加減やめにしよう、そう思いかけたところで、三度目の電話が鳴った。五月十九日のことだった。日付を覚えていたのは、それが両親の結婚記念日で――もちろん両親がまだ生きていたらの話だが――あるとき母親から、お前は結婚式の夜に母さんのお腹《なか》に宿ったのよと言われたことがあったからだった。この事実、自分が存在するに至った最初の瞬間をはっきり特定できるという事実は、何度考えても彼を魅了した。長年にわたって、クインは一人ひそかに、その日を自分の誕生日として祝うようになっていた。今回はこれまでの二晩よりやや早く、まだ十一時にもなっていない。きっと誰か別の人間だろう、と思いながら電話に手をのばした。

「もしもし？」クインは言った。

ふたたび向こう側に沈黙があった。このあいだの相手だ、とすぐにわかった。

「もしもし？」とクインはもう一度言った。「何のご用でしょう？」

「はい」と声はやっと言った。同じ機械のようなささやき、同じ切羽詰まった口調。「はい。いま必要なのです。一刻も早く」

「何が必要なんです？」

「話すこと。いますぐ。いますぐ話すこと。はい」

「で、誰と話したいんです？」

「いつも同じ人です。オースター。ポール・オースターと名のっている人」

今回、クインはためらわなかった。何をするか、肚《はら》は決まっていた。機が訪れたいま、それを実行した。

「私です」と彼は言った。「私がオースターです」

「やっと。やっと見つけました」。声に安堵《あんど》の響きが聞きとれた。手にとれそうなほどの落着きが、一気に声に訪れたように思えた。

「そうですね」とクインは言った。「やっと見つかりましたね」。一瞬間《ま》を置いて、これらの言葉の意味を、相手の胸にも自分の胸にも沈み込ませた。「どんなご用でしょう？」

「助けが要るのです」と声は言った。「大きな危険があるのです。あなたはこういうことに関して第一人者だと聞きました」

「どういうことをおっしゃっているかによりますね」

「死です。死と殺人です」

「それはちょっと、私の専門とは違います」とクインは言った。「私は人を殺すのが商売じゃありません」

「そうじゃない」と声はすねたように言った。「その反対です」

「誰かがあなたを殺そうとしているんですか？」

「そうです。私を殺すんです。そのとおり。私は殺されようとしているんです」

「それで私に護《まも》ってほしいわけですか？」

「あなたに護ってほしい、そうです。そして、それをやろうとしている人間を見つけてほしい」

「誰だかわからないんですか？」

「わかっています、そうです。もちろんわかっています。でもどこにいるかはわからないんです」

「詳しく話していただけますか？」

「いまは駄目です。電話では。とても危険なのです。ここに来ていただかなくては」

「明日でどうです？」

「結構。明日に。明日早くに。午前中に」

「十時では？」

「結構。十時です」。声が東六九丁目の住所を伝えた。「忘れないでください、ミスター・オースター。かならず来てください」

「ご心配なく」とクインは言った。「かならず伺います」

2

翌朝、クインはここ何週間かで一番早起きした。コーヒーを飲み、トーストにバターを塗って、新聞の野球のスコアに目を通している最中（メッツはまたも敗れていた——九回エラーで二対一サヨナラ負け）、自分が約束どおり依頼主に会いに行こうとしているという思いはクインの頭にはなかった。約束どおり依頼主に会う、という言い方自体奇妙に思えた。依頼されたのはクインではない、ポール・オースターだ。そしてポール・オースターとは誰なのか、クインには見当もつかないのだ。

とはいえ、時間が経《た》つにつれて、クインはいつしか、外出しようとしている男をまずまず上手に模倣していた。テーブルの上から朝食の皿を片付け、新聞をカウチに放り投げて、バスルームに入りシャワーを浴びて髭《ひげ》を剃《そ》り、タオル二枚にくるまって寝室に行き、クローゼットを開けて、今日着ていく服を選び出した。ジャケットにネクタイ着用、という方向にクインは流れていった。妻と息子の葬式以来ネクタイなど一度もしていなかったし、そんな物をまだ所有していることすら覚えていなかったが、持ち衣裳《いしょう》の残骸《ざんがい》のただなかにそれはちゃんと吊《つる》してあった。白のワイシャツはさすがにフォーマルすぎると判断し、代わりに、グレーのタイに合うようグレーと赤のチェックを選んだ。一種のトランス状態のなか、クインはそれらを身に着けた。

ドアノブに手をかけたところで初めて、いったい俺は何をやっているんだ、という疑念が湧《わ》いてきた。「俺は出かけようとしているようだ」とクインは胸のうちで言った。「でも出かけようとしてるなら、いったいどこへ行こうとしてるんだ?」。一時間後、七〇丁目と五番街の角で四番バスを降りたときも、依然その答えは見つかっていなかった。一方の横にはセントラル・パークが朝日を浴びて緑に輝き、くっきりした影をはためかせている。もう一方にはフリック・コレクションの建物が、あたかも死者たちに譲渡されたかのように白い厳《おごそ》かな姿をさらしている。クインは少しのあいだフェルメールの『兵士と笑う娘』を思い浮かべ、娘の顔に浮かんだ表情や、カップを抱えた両手の位置、顔が隠れた男の赤い背中を思い出そうとした。頭のなかに、壁にかかった青い地図と、窓からさんさんと差し込む陽光——いまここで自分を包んでいる陽光とよく似ている——が一瞬浮かび上がった。クインは歩いていた。通りを渡って、東へ向かっていた。マディソン・アベニューで右へ折れ、一ブロック南に行ってから左へ曲がり、そこがどこなのかを見てとった。「俺は着いたようだ」と胸のうちで言った。建物の前まで行って、立ちどまった。突然、もうどうだっていいんだと思えてきた。クインは驚くほど、まるですでに何もかもが自分の身に起きてしまったかのように落ち着いていた。ロビーに通じるはずのドアを開けるとともに、自分に最後の忠告を与えた。「これがすべて本当に起きているなら、しっかり目を開けていないと」

アパートメントの玄関に出てきたのは一人の女だった。なぜかこれは予想外だったので、クインはまごついてしまった。すでにもう、事態はあまりに速く進んでいた。女の存在を納得する間もなく、女を胸のうちで描写し自分なりの印象を組み立てる暇もないまま、女はクインに向かって話しかけ、何らかの反応を強いていた。こうして、すでに最初の場面からクインは足場を失っていたのであり、あるべき自分に遅れをとりはじめていた。あとになって、これらの出来事をふり返る時間ができたとき、女との出会いを彼は組み立て直すことになる。だがそれは記憶の為《な》せるわざであり、記憶というものは、クインも承知していたとおり、記憶された物事をねじ曲げてしまいがちである。したがって結局、いかなる点に関しても、クインは何の確信も持てなかった。

女は三十か、ことによると三十五くらいだった。背丈はせいぜい平均。腰はいくぶん太く、見ようによっては肉感的とも言えた。髪も瞳《ひとみ》も黒く、目には自分だけで完結しているような、それでいてどこか誘惑的な表情が浮かんでいる。黒いワンピースを着て、ひどく赤い口紅をつけていた。

「ミスター・オースター?」。試すような笑み。問うように首を傾《かし》げる。

「そうです」とクインは言った。「ポール・オースターです」

「私はヴァージニア・スティルマン」と女は切り出した。「ピーターの妻です。ピーターは八時からお待ちしていました」

「約束は十時でしたよ」とクインは言って、腕時計にちらっと目をやった。十時ぴったりだった。

「すっかり取り乱してるんです」と女は説明した。「こんなふうになったのは初めてです。全然待てなかったんです」

クインが入れるよう、女はドアを開けた。仕切りをまたいでアパートメントに足を踏み入れると、自分が空《くう》になっていくような、脳が突然停止したような気がした。見えているものの細部をしっかり吸収したいのに、いまこのとき、なぜかそれができなかった。クインの周りでアパートメントは、一種のぶれのように大きく広がっていた。広い、五部屋か六部屋はありそうなアパートメントだった。家具も豪華だし、美術品や銀の灰皿がいくつもあって、壁には凝った額縁に収めた絵画が掛かっている。だがわかったのはそれだけだった。ちゃんとそこにいて、自分の目でそれらの事物を見ているのに、漠然とした全体の印象しか持てなかった。

ふと我に返ると、一人でリビングルームのソファに座っていた。それから、夫を連れてくるからここで待っていてくれとスティルマン夫人に言われたことを思い出した。言われてからどれくらい経ったかはわからなかった。きっとほんの一、二分のことにちがいない。けれども、窓から差し込んでくる光からすると、もう正午近くのようだった。それでもなぜか、腕時計を見てみようとは思いつかなかった。ヴァージニア・スティルマンの香水の匂《にお》いがまだあたりに漂っていて、クインは彼女が服を着ていない姿はどんなだろうと想像しはじめた。それから、もしマックス・ワークがここにいたら何を考えただろう、と考えてみた。煙草《たばこ》に火を点《つ》けることにした。煙をふうっと部屋に吐き出した。煙が勢いよく自分の口を離れて飛び散り、光に捉《とら》えられて新しい輪郭を帯びるのを眺めるのは快かった。

背後から、誰かが部屋に入ってくる音がした。てっきりスティルマン夫人だろうと思って、クインは立ち上がってふり向いた。だがそれは若い男だった。全身白ずくめの服を着て、髪は子供のような白っぽい金髪だった。奇妙なことに、その最初の瞬間、クインは死んだ自分の息子のことを想《おも》った。それから、浮かんできたときと同じ唐突さで、想いは消えた。

ピーター・スティルマンは部屋の真ん中まで歩いてきて、クインの向かいにある赤いビロード張りの肱掛《ひじか》け椅子《いす》に腰を下ろした。椅子まで進んでくる最中一言も喋《しゃべ》らなかったし、クインがそこにいることを認めるそぶりも見せなかった。場所から場所へ移動する営みに全神経を集中する必要がある様子だった。自分がいま何をやっているのかを、きちんと考えていないと凍りついて動けなくなってしまう、そんな感じなのだ。こんなふうに動く人間をクインはいままで見たことがなかった。すぐさま彼は、これが電話で話したのと同一人物であることを悟った。この体は、あの声とまったく同じようにふるまう――機械のように、ぎくしゃくとして、ゆっくり動くかと思えばさっとすばやく動き、こわばっているのに表情豊かで、あたかもその作業全体が制御を失い、その背後にある意志からずれてしまっているような印象。クインの目に、スティルマンの肉体は、長いあいだ使われていなかったせいでその機能一つひとつを学び直さねばならない、ゆえに動くという営みもきわめて意識的な過程とならざるをえない身体《しんたい》であるように見えた。一つひとつの動作が、それを構成するサブ動作に分解された結果、流れ、自然さといったものはすべて失われてしまっている。あやつり人形が糸なしで歩こうとするのを見ているようだった。ピーター・スティルマンの何もかもが白かった。襟元の開いたワイシャツ。白いズボン、白い靴、白い靴下。青白い肌、薄い亜麻色の髪にそうした服装をしているものだから、ほとんど透明なような、顔の皮膚の奥を流れる青い血管まで見通せそうな見かけが生じていた。その青は、ミルクのような不透明さを帯びた、彼の目の青とほぼ同じ、空と雲の混合物へと溶けていくと思える青だった。自分がこの人物に一言でも話しかけている姿をクインは想像できなかった。スティルマンの存在は、あたかも沈黙の命令のように思えた。

スティルマンはゆっくりと椅子に身を沈め、それからようやく、クインに注意を向けた。目が合うと、クインはにわかに、スティルマンが不可視になった気がした。たしかに向かいの椅子に座っているのは見えるのだが、と同時に、彼がそこにいないようにも感じられた。ひょっとするとこの男は目が見えないのかもしれない、とクインは思った。だがそれもありえない。男はクインを見て、クインのことをじっくり吟味しているのであり、たしかにその顔には何を認識した気配も見てとれないものの、それでもやはり、まったくうつろな凝視以上の何かがそこにはあるのだ。クインはどうしたらいいかわからなかった。何も言えず座ったまま、スティルマンを見返していた。長い時間が過ぎた。

「質問はなしでお願いします」と若い男はやっと言った。「はい。いいえ。ありがとうございます」。しばし間を置く。「僕はピーター・スティルマンです。これは僕自身の自由意志で言っているのです。はい。それは僕の本当の名前ではありません。いいえ。もちろん、僕の精神は完全な状態ではありません。ですがそれについてはどうしようもありません。いいえ。それについては。いいえ、いいえ。もういまとなっては。あなたはそこに座って、思っている。自分に話しかけているこの人物は何者か？彼の口から出てくるこれらの言葉は何なのか？お話ししましょう。あるいはお話ししないでしょう。はい、いいえ。僕の精神は完全な状態ではありません。これは僕自身の自由意志で言っているのです。ですがやってみます。はい、いいえ。お話しするようやってみます、こんな精神ゆえ容易ではないのですが。ありがとうございます。

僕の名前はピーター・スティルマン。ひょっとしたらあなたも聞いたことがあるかもしれませんが、たぶんないでしょう。それで構いません。それは僕の本当の名前ではありません。本当の名前を僕は思い出せません。失礼しました。どちらでもいいことです。つまり、もういまとなっては。

これはいわゆる話すという行為です。そういう呼び方だと思います。言葉が出てきて、宙に飛んでいって、つかのま生きて、死ぬ。不思議じゃありませんか？　僕自身、意見はありません。いいえ、もう一度いいえ。それでも、持つ必要のある言葉があります。そういうのがたくさんあります。何百万、何千万あると思います。もしかしたら三つか四つだけかもしれない。失礼しました。でも今日の僕はうまくやっています。いつもよりずっとうまく。これでもし、あなたが持つ必要のある言葉を差し上げられたら、もう万々歳です。ありがとうございます。くり返しお礼申し上げます。

ずっと昔、お母さんとお父さんがいました。そのことは全然覚えていません。お母さんは死んだ、とあの人たちは言いました。あの人たちというのが誰なのか、僕には言えません。失礼しました。でもあの人たちはそう言うのです。

というわけで、お母さんはいない。ハハ。こういうのがいまの僕の笑い声なのです、訳のわからない音が腹から飛び出してきます。ハハハ。大きなお父さんは言いました、どうでもいいことだ。私にとって。つまり、お父さんにとって。大きなお父さん、大きな筋肉とボカボカボカボカ。いまは質問なしでお願いします。

僕はあの人たちの言うことを言います、僕には何もわからないから。僕はただの哀れなピーター・スティルマン、何も思い出せない男の子です。ブーフー。ウィリニリ。ニンコンプープ。失礼しました。あの人たちは言う、あの人たちは言う。だけど哀れなピーター坊やは何を言う？　何も、何も言いません。もうこれ以上。

これがありました。闇《やみ》が。すごく暗い。すごく暗い闇が。その部屋だった、とあの人たちは言います。僕にそのことが話せると思ってるみたいに。つまり、闇のことが。ありがとうございます。

闇、闇。九年間、とあの人たちは言います。窓ひとつなかった。哀れピーター・スティルマン。そしてボカボカボカ。ウンチの山。オシッコの海。卒倒。失礼しました。朦朧《もうろう》としていて、裸で。失礼しました。もうこれ以上。

そういうわけで闇があります。あなたにお話ししています。闇のなかに食べ物がありました、はい、静かな闇の部屋でどろどろの食べ物がありました。両手を使って食べました。失礼しました。つまりピーターが。そして僕がピーターであるなら、なお結構。つまり、なおひどい。失礼しました。僕はピーター・スティルマン。それは僕の本当の名前ではありません。ありがとうございます。

哀れピーター・スティルマン。小さな男の子でした。自分の言葉なんてほとんどない。それから何の言葉もなくなって、それから誰もいなくなって、それから何もない。

いいえ、いいえ。もうこれ以上。

お許しください、ミスター・オースター。僕はあなたを悲しませているようですね。質問はなしでお願いします。僕の名前はピーター・スティルマン。それは僕の本当の名前ではありません。僕の本当の名前はミスター・サッド。あなたの名前は何ですか、ミスター・オースター？　もしかしたらあなたが本物のミスター・サッドで、僕は誰でもないのかもしれない。

ブーフー。失礼しました。こういうのが僕の泣き方、わめき方なのです。ブーフー、シクシク。その部屋でピーターは何をしたのか？　誰にも言えません。何もしなかったと言う人もいます。僕としては、ピーターは考えられなかったのだと思います。彼はまばたきしたか？　何か飲んだか？　臭《にお》ったか？　ハハハ。失礼しました。僕はときどきすごく愉快なんです。

ウィンブル・クリック・クランブルチョー・ビルー。クラック・クラック・ビドラック。ナム・ノイズ、フラックルマッチ、チューマナ。ヤーヤーヤー。失礼しました。これらの言葉は僕にしかわかりません。

ずっとずっとあとに。そうあの人たちは言います。あまりに長く続きすぎて、ピーターは頭がおかしくなってしまいました。もう二度と。いいえ、いいえ、いいえ。誰かが僕を見つけたとあの人たちは言います。僕は覚えていません。いいえ、僕は覚えていません、あの人たちがドアを開けて光が入ってきたとき何があったのか。いいえ、いいえ、いいえ。これについて僕には何も言えません。もうこれ以上。

長いあいだ僕は黒眼鏡をかけていました。十二歳でした。とにかくあの人たちはそう言っています。僕は病院で暮らしました。少しずつ、ピーター・スティルマンになるやり方をあの人たちは教えてくれました。君はピーター・スティルマンなんだよ、とあの人たちは言いました。ありがとうございます、と僕は言いました。ヤーヤー。ありがとうございますありがとうございます、と僕は言いました。

ピーターは赤ん坊でした。あの人たちに何から何まで教わらねばなりませんでした。歩き方、とか。食べ方。ウンコやオシッコをトイレですること。悪くありませんでした。僕が嚙《か》みついても、あの人たちはボカボカボカをやりませんでした。そのうちに僕も、服を剝《は》ぎとったりしなくなりました。

ピーターはいい子でした。でも言葉を教えるのは大変でした。口がうまく動きませんでした。そしてもちろん頭もちゃんとしていませんでした。ババババ、と彼は言いました。そして、ダダダ。そして、ワワワ。失礼しました。まだ何年も何年もかかりました。するとあの人たちはピーターに言います。もう出ていっていいよ、これ以上君にしてやれることは何もないから。ピーター・スティルマン、君は人間なんだよ、とあの人たちは言いました。お医者さんの言うことを信じるのはいいことです。ありがとうございます。本当にどうもありがとうございます。

僕はピーター・スティルマン。それは僕の本当の名前ではありません。僕の本当の名前はピーター・ラビット。冬には僕はミスター・ホワイト、夏にはミスター・グリーン。これをどう考えてくださっても結構です。これは僕自身の自由意志で言っているのです。ウィンブル・クリック・クランブルチョー・ビルー。美しいでしょう? 僕はこういう言葉を年中作っているのです。どうしようもないのです。口から勝手に出てくるのです。翻訳は不可能です。

いくら訊《き》いても、無駄です。でもあなたにはお話しします。あなたに悲しんでほしくありませんから、ミスター・オースター。あなたはとても優しい顔をしています。あなたを見ていると、トカナントカだかうめき声だかを思い出します、どっちだかわかりませんが。それにあなたの目は僕を見ています。はい、はい。僕にはあなたの目が見えます。それはとてもいいことです。ありがとうございます。

だからあなたにお話しするのです。質問はなしでお願いします。いろんなこと、きっと不思議に思ってらっしゃいますよね。つまり、父親のこととか。幼いピーターにたくさんひどい仕打ちをした恐ろしい父親のこと。ご安心ください。あの人たちは父親を暗い場所に連れていきました。そこに閉じ込めて、置き去りにしました。ハハハ。失礼しました。僕はときどきすごく愉快なんです。

十三年、とあの人たちは言いました。たぶんそれは長い時間です。でも僕には時間のことは何もわかりません。僕は毎日新しいのです。朝、目が覚めるときに生まれるんです。一日のうちに歳《とし》をとって、夜寝るときに死ぬんです。それは僕のせいではありません。今日の僕はとてもうまくやっています。いつもよりずっとずっとうまくやっています。

十三年のあいだ、父親はいませんでした。父親の名前もピーター・スティルマンです。おかしいでしょう？　二人の人間が同じ名前だなんて？　それが彼の本当の名前かどうか、僕にはわかりません。でも彼は僕ではないと思います。僕たちは二人ともピーター・スティルマンです。でもピーター・スティルマンは僕の本当の名前ではありません。だから僕はやっぱりピーター・スティルマンではないのでしょう。

十三年、と僕は言います。というかあの人たちは言います。どちらでもいいことです。僕には時間のことは何もわかりません。でもあの人たちは僕にこう言います。明日が十三年の終わりだ。それはよくないことです。あの人たちはそう言わないけれど、それはよくないことです。僕は覚えていないことになっています。でもときどき思い出してしまうのです、そうは言わないですが。彼は来るでしょう。つまり、父親は来るでしょう。そして僕を殺そうとするでしょう。ありがとうございます。でも僕はそれを望んでいません。いいえ、いいえ。いまではもう。ピーターはいま生きています。そうです。頭はちゃんとしていないけど、それでもやっぱり生きています。それにはそれなりの意味がありますよね？ あったりまえですよ。ハハハ。

僕はいま何より詩人です。毎日部屋で、またひとつ詩を書きます。言葉は全部自分で作るんです、闇のなかで暮らしていたときみたいに。そうやっていろんなことを思い出していくんです、もう一度闇に戻ったふりをするんです。そのいろんな言葉の意味がわかるのは僕だけです。翻訳は不可能です。こうやって作る詩のおかげで僕は有名になるでしょう。バッチリです。ヤーヤーヤー。美しい詩です。世界中が涙するほど美しい。

そのあとは、何か違うことをしようと思います。詩人が終わったあとは。いずれは言葉を出し尽くしてしまうでしょうから。誰もみな、内に持っている言葉には限りがありますから。そうしたら僕はどうなります？ そうしたら、消防士になりたいと思います。そのあとはお医者に。何だっていいのです。一番最後は綱渡り芸人になります。すごく歳をとって、やっと人並に歩けるようになったときに。そうしたら綱の上で踊って、みんなをびっくりさせるんです。小さな子供たちまで。それが僕の望みです。綱の上で、死ぬまで踊る。

でもどうでもいいことです。何だっていいのです。僕にとっては。ごらんのとおり、僕はお金持ちです。父親はお金持ちでした、そして父親が闇に閉じ込められたときお金はみんな息子のピーターのものになりました。ハハハ。笑って失礼しました。僕はときどきすごく愉快なんです。

僕はスティルマン一族の最後です。スティルマン家は名家だったのです、というかあの人たちはそう言います。もしかしたらご存知かもしれませんが、ボストンの旧家です。僕はその最後です。ほかには誰もいません。僕は全員の果て、おしまいの一人なのです。その方がずっといい、と僕は思います。終わってしまうのは残念なことではありません。みんな死んでしまった方がいいのです。

父親は本当に悪い人ではなかったのかもしれません。少なくともいまの僕はそう言います。父親は大きな頭の持ち主でした。すごく大きいくらい大きくて、だからそこには場所がありすぎたのです。その大きな頭のなかに、すごくいろんな考えがありました。でもピーターは可哀想《かわいそう》でしょう？　ひどく辛《つら》い目に遭わされて。見ることも言うこともできないピーター、考えることもすることもできないピーター。できないピーター。いいえ。何ひとつ。

こうしたことについて僕は何も知りません。理解もできません。こういうのはみんな妻が話してくれるのです。僕が理解はできなくても知ることは大事だと妻は言います。けれどそれも僕には理解できません。知るためには理解しないといけません。そうでしょう？　でも僕は何も知りません。もしかしたら僕はピーター・スティルマンで、もしかしたらそうじゃない。僕の本当の名前はピーター・ノーバディ。ありがとうございます。あなたはどう思われますか？

というわけで、父親のことをお話ししています。面白い話です、僕には理解できないのですが。あなたにお話しできるのは、その話の言葉は僕も知っているからです。それはそれで意味があるでしょう？　つまり、言葉は知っているということ。ときどき、自分がものすごく誇らしくなるんです！　失礼しました。これは僕の妻が言っている話です。父親は神のことを話した、と妻は言います。これは僕には面白い言葉です。神《GOD》を逆さにしたら犬《DOG》になります。でも犬はあんまり神みたいじゃないでしょう？ ウーウー。ワンワン。こういうのが犬の言葉です。美しい言葉ですよね。すごくきれいで、本物で。僕の作る言葉みたいに。

それはともかく。話を戻すと。父親は神のことを話しました。神は言語を持っているのかどうか、父親は知りたいと思いました。それがどういう意味なのか、訊かれても僕にはわかりません。言葉は知っているのでお話ししているだけですから。もし赤ん坊が人間をいっさい見なかったら、神の言葉を話すかもしれないと父親は思いました。でも赤ん坊なんてどこにいるか？ そうです。わかってきましたね。わざわざ買わなくても、ちゃんと一人いたのです。もちろんピーターは人間の言葉をいくつか知っていました。それは避けられません。でも父親は、ひょっとするとうまく忘れるかもしれないと思ったのです。しばらくしたら。だからあんなにボカボカボカボカがあったのです。ピーターが言葉を言うたびに、父親がボカボカしました。とうとうピーターは何も言わないようになりました。ヤーヤーヤー。ありがとうございます。

ピーターは自分の内に言葉を持ちつづけました。何日も、何か月も、何年も。闇のなか、ピーター坊やは独りぼっちでしたが、頭の内で言葉は音を立ててピーターの相手をしてくれました。だから彼の口はうまく動かないのです。可哀想なピーター。ブーフー。涙がさんざん流れます。いつまでも大人になれない男の子。

いまではピーターも人間のように話すことができます。でも頭の内にはまだ別の言葉があります。それが神の言語で、ほかに誰も話せる人はいません。翻訳は不可能です。だからピーターは神にすごく近く生きているのです。だから有名な詩人なのです。いまの僕は何もかもがうまく行っています。やりたいことは何でもできます。いつでも、どこでも。僕には妻までいます。ごらんのとおりです。妻のことはさっきも言いましたよね。ひょっとしたらもうお会いになったかもしれませんね。美人でしょう？　名前はヴァージニアといいます。それは彼女の本当の名前ではありません。でもそれはどうでもいいことです。僕にとっては。

僕が頼めばいつも、妻は女の子を呼んできてくれます。娼婦《しょうふ》です。女の子たちはなかに僕の虫を入れると、うめき声を上げます。何人も何人もいました。ハハ。みんなここまで来て僕とファックするのです。ファックするのは気持ちがいいです。ヴァージニアが女の子たちにお金をあげて、みんな喜んで帰ります。あったりまえです。ハハ。

可哀想なヴァージニア。彼女はファックが嫌いなのです。つまり、僕とファックするのが。ひょっとしたらほかの男とはファックするのかもしれません。誰にわかるでしょう？　これについて僕は何も知りません。どちらでもいいことです。でももしあなたがヴァージニアに優しくしたら、ひょっとするとファックさせてくれるかもしれません。そうなれば僕は嬉《うれ》しいです。あなたのために。ありがとうございます。というわけで。たくさん、いろんなことがあるのです。それをあなたにお話ししようとしています。僕の頭がちゃんとしていないことはわかっています。それに、たしかに、これは僕自身の自由意志で言うのですが、ときどき僕は悲鳴を上げるのです。えんえん悲鳴を上げるのです。何の理由もないのに。何か理由があるにちがいないみたいに。僕に見えるかぎり何の理由もないのですが。ほかの誰に見える理由もないのですが。いいえ。それから、僕は全然何も言わないときがあります。何日も何日も続けて。全然、全然何も。口から言葉を出すやり方を忘れてしまうのです。そういうときは動くのも大変です。ヤーヤー。見るのも。そういうとき僕はミスター・サッドになるのです。

僕はいまでも闇のなかにいるのが好きです。少なくとも、ときどきは。それが僕にはいいみたいです。闇のなかで僕は神の言語を話し、誰にも聞かれません。すみません、怒らないでください。僕にはどうしようもないのです。

何よりいいのは、空気があることです。はい。そして少しずつ、僕は空気のなかで生きられるようになりました。空気と、光、そうです、光もあります、すべてのものを照らして僕の目に見えるようにしてくれる光も。空気と光があって、それが何より一番いいのです。失礼しました。空気と、光。そうです。天気がいいときは、開いた窓のそばに座るのが好きです。ときどき、外を見て、下を眺めます。通りやいろんな人、犬や車、向かいの建物の煉瓦《れんが》。目を閉じてただそこに座っているだけのときもあります。そよ風を顔に浴びて、空気のなかの光が周りじゅうにあって、目のすぐ向こうにあって、世界が赤一色で、僕の目のなかのきれいな赤で、太陽が僕を照らして僕の目を照らして。

たしかに僕はめったに外に出ません。外に出るのは大変だし、僕はいつも安定しているとは限らないのです。ときどきわめきますし、すみません、怒らないでください。僕にはどうしようもないのです。人前できちんとふるまえるようにならないといけないとヴァージニアは言います。でもときどき僕にはどうしようもなくて、悲鳴がとにかく出てきてしまうのです。

でも公園に行くのは好きです。木がいっぱいあって、空気も光もあるから。そういうのっていいですよね？　はい。少しずつ、僕のなかはよくなってきています。自分でもわかります。ヴィシュネグラドスキー先生までそう言います。まだ自分が操り人形だということはわかっています。それはどうしようもないのです。いいえ、いいえ。

もうこれ以上。でもときどき、いつかは大人になって本物になるんだと思えることもあります。

いまのところ、僕はまだピーター・スティルマンです。それは僕の本当の名前ではありません。明日自分が誰になるのか、僕には言えません。毎日が新しく、毎日僕はもう一度生まれるのです。僕にはあらゆるところに希望が見えます。闇のなかでも。僕が死んだら、もしかしたら神になるのかもしれません。

話さないといけない言葉はまだたくさんあります。でも僕はそれらを話さないと思います。いいえ。少なくとも今日は。もう口が疲れたし、そろそろ行かないといけない時間だと思います。もちろん、時間のことは僕には何もわかりません。でもそれはどうでもいいことです。僕にとっては。本当にありがとうございます。わかっています、あなたは僕の命を救ってくれるでしょう、ミスター・オースター。あなたを頼りにしています。人生の長さには限りがあります、おわかりでしょう。ほかのものはすべて部屋のなかにあるのです、闇とともに、神の言語とともに、悲鳴とともに。いまここで僕は空気の仲間です、光が照らし出す美しい何かです。できればそのことを覚えておいていただけるでしょうか。僕はピーター・スティルマン。それは僕の本当の名前ではありません。本当にありがとうございます」

3

話は終わった。どれくらい長く続いたのか、クインには判断できなかった。いまになって、言葉が止まってやっと、自分たちが闇のなかに座っていることに気がついた。どうやらまる一日が過ぎたようだった。スティルマンの独白のどこかで、部屋に差し込んでいた陽も沈んだわけだが、クインはそれにも気がつかなかった。そしていま、闇と静寂が感じられ、それらが頭のなかでぶーんと鳴っていた。何分かが過ぎていった。ひょっとしたらここで自分が何か言うべきなのかとも思ったが、よくわからなかった。向かいに座ったピーター・スティルマンが荒く息をしているのが聞こえた。それ以外、何の音もしなかった。何をしたらいいか、クインには決められなかった。いくつかの選択肢を考えたが、結局ひとつずつ頭から排除していった。ソファに座ったまま、次に起きることを待っていた。

ストッキングをはいた脚が部屋の向こうから近づいてくる音で、やっと静寂が破れた。カチッと電灯のスイッチをひねる音がして、部屋は一気に光で満たされた。クインの目がとっさに光源の方を向くと、テーブルランプのかたわら、ピーターの座っている椅子《いす》の左にヴァージニア・スティルマンが立っていた。ピーターはまっすぐ前を、まるで目を開けたまま眠っているかのようにじっと見ていた。スティルマン夫人は身をかがめて、片腕をピーターの肩に回し、優しく耳元でささやいた。

「もう時間よ、ピーター」と彼女は言った。「ミセス・サーヴェドラが待ってるわ」

ピーターは彼女の方に顔を上げ、にっこり笑った。「僕は希望でいっぱいだよ」と彼は言った。

ヴァージニア・スティルマンは夫の頰にそっとキスした。「ミスター・オースターにご挨拶《あいさつ》なさい」と彼女は言った。

ピーターは立ち上がった。というよりも、自分の体を椅子から引き上げ、両足を立たせる、緩慢で物哀《ものがな》しい作業に取りかかった。どの段階においても、動きを忘れる、くずおれる、ギクッと後戻りするといった事態が生じ、それに加えて、突然の凍りつきや、うなり声や、クインには解読しようのない言葉がはさまった。

やっとのことで、体がまっすぐ立った。座っていた椅子の前にピーターは誇らしげな表情で立ち、クインの目を見据えた。それからにっこりと、満面の、何のこわばりもない笑みを浮かべた。

「さようなら」と彼は言った。

「さようなら、ピーター」とクインは言った。

ぴくっと痙攣《けいれん》のように手を振ってから、ピーターはゆっくりと回れ右し、部屋の向こうへ歩いていった。歩き方はぐらぐらしていて、まず右に傾き、それから左に傾き、両脚はくずおれるのと凍りつくのとを交互にくり返していた。部屋の奥、明かりの点《つ》いた戸口に、看護師の白衣を着た中年女性が立っていた。あれがミセス・サーヴェドラだろうとクインは思った。ドアの向こうに消えるまで、クインはピーター・スティルマンの姿を目で追った。

ヴァージニアがクインの向かい、ついいままで夫が座っていた椅子に腰を下ろした。

「こんな面倒をおかけしなくてもよかったんですが」と彼女は言った。「ご自分の目でごらんになっていただくのが一番だと思いまして」

「わかりますよ」とクインは言った。

「いいえ、わかってらっしゃらないわ」と女は苦々しげに言った。「誰にもわかりはしないわ」

クインは分別ありげに笑みを浮かべてから、ここは思いきって飛び込むしかないと肚《はら》を決めた。「私に何がわかって、何がわからないかはおそらく関係ないことです」と彼は言った。「私は仕事をするためにあなたに雇われたんですから、さっさと取りかかるに越したことはありません。私の見るかぎり、事態は急を要します。ピーターのことは私にも理解できますとか、あなたがどれほど苦しまれたかわかりますなどとは申し上げません。重要なのは、私があなたを助ける気でいるということです。そのことは受け入れていただいた方が」

彼はだんだん乗ってきていた。正しい口調に行きあたったことを何かが告げていた。突然の快感が体内を貫いていった。自分のなかの内なる境界を、たったいま越えたような気がした。

「そのとおりね」とヴァージニア・スティルマンは言った。「もちろんそのとおりよね」

女は一拍間《ま》を置いて、大きく息を吸い込んでから、これから言おうとしていることを頭のなかで復習するかのようにもう一度間を置いた。彼女の両手が椅子の肱掛《ひじかけ》けをぎゅっとつかんでいることをクインは目にとめた。

「特に初めての方は」と彼女は続けた。「ピーターの話を聞かれて、その大半、ひどくとまどわれるだろうと思います。私、隣の部屋でピーターの話を聞いていました。

ピーターの言うことがつねに事実だという前提に立たれてはいけません。といっても、嘘《うそ》をついていると考えるのも間違いでしょうが」

「つまりある部分は信じるべきであり、ある部分は信じるべきでないということですね」

「まさにそのとおりです」

「ミセス・スティルマン、あなたの性生活上の習慣とか、もしくはその欠如とか、それは私には関係ないことです」とクインは言った。「かりにピーターの言ったことが事実だとしても、同じことです。私のような仕事をしていると、とにかくありとあらゆる事柄に出会います。判断を控えることを覚えないと、何もできません。他人の秘密を聞くことは慣れていますし、口をつぐむことにも慣れています。事件に直接関係のない物事には用がないのです」

スティルマン夫人は顔を赤らめた。「私はただ、ピーターの言ったあのことは事実ではないと申し上げたかっただけです」

クインは肩をすくめ、煙草《たばこ》を一本取り出して火を点けた。「事実であろうとなかろうと、どちらでもいいことです」と彼は言った。「私が関心があるのは、ピーターが言ったほかのことです。ほかのことは事実だという前提に私は立っています。そしてもし事実だとしたら、それについてあなたがご存知のことをお聞きしたいですね」

「ええ、事実です」。椅子を握っていた手をヴァージニア・スティルマンは放し、右手をあごの下にあてた。考え深げなしぐさ。揺るぎようのない正直さのポーズを探しているかのような。「ピーターの言い方は子供の言い方ですが、言った中身は事実です」

「父親について聞かせてください。関係のありそうなことを、洗いざらい」

「ピーターの父親はボストンのスティルマン家の一員でした。スティルマン家については、きっとお聞きになったことがおありですよね。十九世紀には知事も何人か出ていますし、監督派の主教や、外国駐在の大使も数人いて、一人はハーヴァードの学長を務めました。それと同時に、一族は莫大《ばくだい》な財を成しました。織物、海運業、そのほかさまざまな分野で。細かい点は問題ではありません。とにかくおおよその背景をつかんでいただけば。

ピーターの父親は、一族の習わしどおりハーヴァードに行きました。哲学と宗教を学び、明らかに大変な秀才だったようです。新大陸が十六、七世紀の神学においてどのように解釈されていたかを扱った論文を書いて、じきコロンビア大学の宗教学科に職を得ました。それからまもなく、ピーターの母親と結婚しました。母親のことは私もよく知りません。私が見た写真では大変な美人でしたが、体は華奢《きゃしゃ》でした。ピーターに少し似て、肌は白く、目も薄い青でした。何年かしてピーターが生まれた当時、夫妻はリバーサイド・ドライブの大きなアパートメントに住んでいました。スティルマンの学者としてのキャリアは順調でした。論文を書き直して本に仕上げ、大変な好評を博し、三十四か五で教授に昇進しました。それからまもなく、ピーターの母親が亡《な》くなりました。その死については何もかもが不明です。眠っている最中に死んだとスティルマンは主張しましたが、形跡を見るかぎり自殺と思えました。薬を大量に飲んだとか、どうもそういうことのようでしたが、もちろん何ひとつ証明はされませんでした。夫が殺したのだという説さえささやかれました。でもそれは噂《うわさ》でしかなく、何の結果も生じませんでした。事件全体が極力秘密にされました。

ピーターは当時二歳になったばかりで、まったく正常な子供でした。妻の死後、スティルマンは息子にほとんど接しなかったようです。家政婦が雇われ、その後半年ばかりはもっぱら彼女がピーターの世話をしました。それから、出し抜けに、スティルマンは彼女を解雇しました。名前は忘れましたが、たしかミス・バーバーだったか、裁判で証言もしたはずです。どうやらスティルマンはある日家に帰ってきて、これからは自分でピーターを養育すると言い渡したようです。コロンビアには辞表を出し、息子の教育に専念するため教職を退くと伝えました。もちろんお金が問題ではありませんでしたから、大学側としてはどうしようもありませんでした。

それ以降、スティルマンはほとんど世間から姿を消しました。同じアパートメントに住んではいましたが、外へはめったに出ませんでした。何があったのか、確かなことは誰にもわかりません。たぶん彼は、自分の著書で論じた、突拍子もない宗教思想を本気で信じるようになったのだと思います。それが彼の理性を奪い、まったくの狂気に陥《おとしい》れたんです。そうとしか言いようがありません。何しろアパートメントの一室にピーターを閉じ込めて、窓を全部ふさいで、そこに九年間幽閉していたんです。考えてみてください、ミスター・オースター。九年間ですよ。幼年期がまるまる闇のなかで、世間から隔離され、時おり殴られる以外はいっさい人間と接触することなしに生きられたのです。その実験のツケを、いま私が引き受けているんです。傷が恐ろしく深いことは私が保証します。今日ごらんになったのは、最高の状態のピーターです。ここまで漕《こ》ぎつけるのに十三年かかりました。また誰かが彼に危害を加えるなんて、絶対に許しません」

スティルマン夫人は息を継ごうと言葉を切った。彼女がいまにも自制を失いそうになっていて、あと一言喋《しゃべ》ったらすっかり取り乱してしまいかねないことをクインは感じとった。ここは自分が口を開かないと、会話は制御しようがなくなってしまう。

「ピーターはどうやって発見されたんですか？」とクインは訊《たず》ねた。

女の体から、緊張がいくぶん抜けた。はっきり聞きとれる息を吐き出して、彼女はクインの目を見据えた。

「火事が起きたんです」と彼女が言った。

「事故ですか、それとも放火？」

「誰にもわかりません」

「あなたはどう思われます？」

「私はスティルマンが書斎にいたんだと思います。書斎に実験の記録を保管していたんですが、とうとうその日、実験が失敗したことを悟ったんだと思います。いままでやってきたことを彼が後悔したとは言いません。けれど自分から見ても、やはり失敗としか言えないことを自覚したんです。そしてその夜、自分にすっかり愛想が尽きて、文書を燃やしてしまうことにしたんだと思います。ところが火が手に負えないほど大きくなって、アパートメントの大部分が燃えてしまったんです。幸いピーターの部屋は長い廊下の向こう端にあったので、消防士たちに間一髪救われました」

「それから？」

「すべてを割り出すのに何か月もかかりました。文書は燃えてしまいましたから、具体的な証拠は何もありませんでした。でもピーターの状態が状態でしたし、閉じ込められていた部屋の有様や、窓に打ちつけられていたおぞましい板などを元に、やがて警察も事実を再構築できたんです。結局スティルマンは裁判にかけられました」

「判決は？」

「精神異常と判断され、病院に入れられました」

「ピーターは？」

「やはり病院に入りました。そしてつい二年前まで、ずっとそこにいたんです」

「あなたも病院で知りあわれたのですか？」

「そうです。病院で知りあいました」

「どのようにして？」

「私は彼の言語療法士でした。五年間毎日、一緒に訓練を続けたんです」

「詮索《せんさく》するつもりはないんですが、そこからどうやって結婚につながったんでしょう？」

「込み入った話なんです」

「伺ってもいいでしょうか？」

「ええ、構いません。でもおわかりにならないと思います」

「わかるかどうか、伺ってみないことには」

「では、簡単に言います。ピーターを病院から出して、もっと普通の生活をさせるためには、それが最良の手段だったんです」

「彼の法定後見人になるわけには行かなかったんですか？」

「手続きがひどく煩雑《はんざつ》だったんです。もう未成年でもありませんでしたし」

「あなたにとってはとてつもない自己犠牲だったのでは？」

「それほどでも。前にも結婚はしていましたし──さんざんな結婚でした。私自身は、もうそういうことを求めていないんです。ピーターとだったら、少なくとも生活に目的がありますから」

「スティルマンが解放されるというのは本当ですか？」

「明日です。夕方にグランドセントラル駅に着きます」

「そこからピーターに危害を加えにくるかもしれないと思われるわけですね。それは単なる勘ですか、それとも何か証拠が？」

「両方です。二年前にも解放される予定だったのですが、ピーターに手紙を送ってきまして、私がそれを当局に見せたのです。それで結局、解放はまだ時期尚早と判断が下ったのです」

「どんな手紙だったんですか？」

「狂気の手紙です。ピーターを悪魔の子と呼んで、裁きの日が来ると脅していました」

「その手紙、まだお持ちですか？」

「いいえ。二年前に警察に渡しました」

「コピーは？」

「すみません。重要でしょうか？」

「もしかしたら」

「よかったら写しを取り寄せますが」

「その後もう手紙は来なかったんですね」

「ええ、来ませんでした。それで、もう解放してもよかろうということになったわけです。とにかくそれが当局の見解なので、私には止めようがありません。でもこれは、単にスティルマンが経験から学んだというだけのことだと思うんです。手紙や脅迫を続ければ病院から出してもらえないことを学習したんです」

「だから、まだ心配だと」

「そのとおりです」

「でも、スティルマンが何を目論《もくろ》んでいるか、はっきりとはわからないわけですね」

「まさしくそうです」

「それで、私にどうしろと?」

「彼を入念に見張ってほしいんです。何を企《たくら》んでいるのか、探り出してほしいんです。ピーターから遠ざけてほしいんです」

「要するに、体《てい》のいい尾行ですね」

「そういうことになるでしょうね」

「ご理解いただきたいのですが、スティルマンがこの建物に来るのを阻止する権限は私にはありません。私にできるのは、それについてあなたに警告してさし上げることだけです。それと、彼にくっついてここへ来ること」

「わかります。とにかく誰かが護《まも》っていてくれれば」

「結構。ご連絡はどのくらい頻繁にさし上げましょう?」

「毎日報告してください。電話を、そうですね、毎晩十時か十一時に」

「お安いご用です」

「ほかに何かあるでしょうか」

「あと二、三お訊ねします。たとえば、スティルマンが明日の夕方グランドセントラルに着くことはどうやってお知りになったのでしょう」

「私としても情報はきちんと集めているんです、ミスター・オースター。運任せにするには、ことはあまりに重大ですから。着いた瞬間からあとをつけないと、何の痕跡《こんせき》もなく消えてしまいかねません。そういう事態は避けたいんです」

「どの列車で来るんですか？」

「六時四十一分着、ポーキプシーからの列車です」

「スティルマンの写真はお持ちですよね？」

「ええ、もちろん」

「ピーターのこともお訊ねします。そもそもなぜ彼に何もかも知らせたのでしょう。黙っていた方がよかったのでは？」

「私もそうしたかったんです。でも、父親の解放を知らせる電話を、ピーターがたまたまもう一台の電話で聞いてしまって。私にはどうしようもありませんでした。ピーターはいったん頑《かたく》なになると何を言っても無駄なんです。私も経験上、嘘《うそ》をつかないのが一番だと学びました」

「最後にもうひとつだけ。私のことは誰からお聞きになりました？」

「ミセス・サーヴェドラのご主人のマイケルからです。昔警官をしていたので、いろいろ調べてくれて、こういう件ではあなたがこの街で一番だとわかったんです」

「光栄です」

「これまでお見受けしたかぎり、ミスター・オースター、私たちは理想の人材を見つけたと思いますわ」

この一言をクインは、席を立つ合図として受けとった。やっと脚がのばせて、ほっと一息ついた。これまでのところ、すべてはうまく——思っていたよりずっとうまく——行っていたが、さっきから頭が痛かったし、体全体が、もう何年も感じたことのない疲労感に疼《うず》いていた。これ以上続けたら、きっと正体がばれてしまうだろう。

「料金は一日百ドル、プラス経費です」と彼は言った。「何がしかの手付けをいただければ、雇用の証《あか》しとなります。証言拒否可能な探偵—依頼人関係が確定されて、私たちのあいだのやりとりはすべて極秘となります」

何か自分一人のひそかなジョークを面白がるかのように、ヴァージニア・スティルマンは笑みを浮かべた。あるいは、クインの最後のセンテンスから読みとれる裏の意味に反応しただけかもしれない。今後の数日、数週間に自分の身に起きることになるさまざまな出来事と同様、これについてもクインはいっこうに確信が持てなかった。

「いくらお渡しすればいいでしょう?」と彼女は訊ねた。

「いくらでも構いません。お任せします」

「五百ドルでは?」

「十分すぎるくらいです」

「わかりました。小切手帳を取ってきます」。ヴァージニア・スティルマンは立ち上がって、もう一度クインに向かって微笑《ほほえ》んだ。「ピーターの父親の写真も持ってきます。どこに置いたか、たしか覚えていると思いますから」

クインは礼を述べ、ではお待ちしますと言った。部屋を出ていくヴァージニア・スティルマンを眺めているうちに、思わずまた、彼女が服を着ていない姿はどんなだろうと想像していた。ひょっとしてさっきのはモーションをかけていたんだろうか、それとも例によって俺の頭が暴走しているだけなのか? 夢想はひとまず中断し、またあとで考えることにした。

ヴァージニア・スティルマンが部屋に戻ってきて、「小切手です。お名前はこれでいいでしょうか」と訊《き》いた。

そうとも、そうだとも、何もかも完璧《かんぺき》だ、とクインは小切手を確かめながら思った。自分の賢さが我ながら誇らしかった。小切手の宛名《あてな》は当然ポール・オースターになっているわけであり、免許なしに私立探偵だと偽った責任をクインが問われるいわれはない。意図したわけではないが、自分を潔白な立場に置けたのは心強かった。小切手を絶対に現金化できないことも気にならなかった。この時点ですでに、自分がこれを金のためにやっているのではないことをクインは理解していたのである。彼は小切手を上着の内ポケットに滑り込ませた。

「もっと新しいのがなくてすみません」——気がつくとヴァージニア・スティルマンが喋っていた。「もう二十年以上前の写真です。でもこれでも一番ましなんです」

何か突然の啓示が訪れるのを、この人物を理解する助けとなる隠れた知がほとばしり出るのを期待して、クインはスティルマンの写真を見た。だが写真は何も語ってくれなかった。それは一枚の男の写真でしかなかった。クインはもう少しそれを眺めて、これじゃあ誰の写真だと言っても通るな、と判断した。

「帰ってからじっくり拝見します」と彼は言って、さっき小切手を入れたのと同じポケットに写真を入れた。「年月の経過を計算に入れておけば、明日駅で見たらきっとわかると思います」

「だといいですけど」とヴァージニア・スティルマンは言った。「これは本当に大事なことなんです。あなたが頼りなんです」

「ご心配なく」とクインは言った。「いままでしくじったことは一度もありませんから」

ヴァージニア・スティルマンは彼を玄関まで送っていった。二人は何秒間か黙って玄関先に立ち、まだ何か言い足すべきことがあるのか、もう別れを告げるときなのか決めかねていた。そのわずかな間隙《かんげき》に、ヴァージニア・スティルマンが突然両腕をクインの体に巻きつけ、自分の唇で彼の唇を探り、舌を彼の口の奥まで差し入れて情熱的なキスをした。あまりに不意をつかれたせいで、クインは危うくそのキスを味わうことも忘れてしまうところだった。

クインがやっとまた息ができるようになると、スティルマン夫人はぴんとのばした腕で彼の体を押さえ、「いまのは、ピーターが言っていたのが事実ではないと示すためです。私の申し上げていることを、ぜひともあなたに信じていただかなくてはいけないんです」と言った。

「信じますよ」とクインは言った。「かりに信じなかったとしても、何も変わりはありませんが」

「とにかく知っていただきたかったんです、やろうと思えば私に何ができるかを」

「だいぶわかった気がします」

彼女は両手でクインの右手を握り、そこにキスした。「ありがとう、ミスター・オースター。本当に、あなたこそ救いの主です」

明日の夜に電話しますとクインは約束し、それから、気がつけばすでに玄関を抜け、下りのエレベータに乗って、建物の外に出ていた。街路に降り立ったときには午前零時を過ぎていた。

4

ピーター・スティルマンのような事例は、クインも前に聞いたことがあった。別の人生を生きていたころ、息子が生まれてまもなく、アヴェロンの野生児をめぐる本の書評を書いたことがあって、そのときこのテーマに関して若干調べてみたのである。クインの覚えているところでは、そうした実験に関するもっとも古い記述は、ヘロドトスの著作に見られる。紀元前七世紀、エジプト王プサンメティコスが二人の幼児を隔離し、世話を担当する召使に、彼らの前では一言も言葉を発してはならぬと命じた。疑わしい記述で悪名高い歴史家ヘロドトスによれば、子供たちはやがて言葉を話すようになり、最初に発した言葉は「パン」を意味するフリギア語だったという。中世においても、神聖ローマ皇帝フリードリヒ二世が、同様の方法を使って人間の真の「自然言語」を発見しようとこの実験をくり返したが、子供たちはいかなる言葉も口にしないまま死んでしまった。あるいはまた、これは明らかにでっち上げと思われるが、十六世紀初頭のスコットランド王ジェームズ四世がスコットランド人の子供たちを同じやり方で隔離したところ、「大変立派なヘブライ語」を話すようになったという。しかし、このテーマに関心を寄せたのは奇人や夢想家だけではなかった。モンテーニュほどの正気と懐疑の持ち主もこの問題を熟考しているのであり、『エセー』のなかでももっとも重要な章「レーモン・スボンの弁護」のなかでこう書いている――「完全な孤独のなかで、いかなる触れあいからも隔てられて育った子供は（これを実験するのは至難の業であろうが）、自分の思いを表現するための何らかの言葉を持つだろうと私は考える。こうした力を、自然はほかの多くの動物に与えているわけであり、それが我々人間に与えられないとは考えがたい。（……）けれども、この子供がいかなる言語を話すことになるか、それはいまだ未知である。これまで推測によって言われてきたことは、どうやら真実であるようには思われない」。

こうした実験以外に、偶然による隔離例もあった。森で迷子になった子供、無人島に流された水夫、狼《おおかみ》に育てられた子供、さらには、残酷でサディスティックな親がわが子を監禁しベッドに縛りつけ押入れで折檻《せっかん》し己の狂気に促されるままに拷問《ごうもん》したといった例。これらの物語を報じた大量の文書をクインは読み漁《あさ》った。スコットランド人船乗りアレグザンダー・セルカーク（彼をロビンソン・クルーソーのモデルと見る者もいる）はチリの沖合に浮かぶ島に四年間一人で暮らし、一七〇九年に彼を救出した船長によれば、「使っていなかったため言語をすっかり忘れてしまっていて、何を言っているのか我々にはほとんどわからなかった」。それから二十年と経《た》たぬうち、「ハノーファーのペーター」と呼ばれる、十四歳前後の野生児が、ドイツのハーメルンの町はずれの森で物言わぬ裸の姿で発見され、ジョージ一世の特別の庇護《ひご》の下、英国宮廷に連れていかれた。スウィフトやデフォーも彼に会う機会を与えられ、デフォーはその経験に基づいて小冊子『野生詳述』を一七二六年に刊行している。しかしペーターはいっこうに言葉を覚えず、数か月後に田舎へ送られ、七十歳までそこで、セックス、金、その他いっさい世俗的な物事に興味を持たずに生きた。さらには一八〇〇年にパリに連れてこられたアヴェロンの野生児ヴィクトールの事例もある。医師イタールの根気強い細心の世話の下、ヴィクトールは言語の基本的要素をいくつか身につけたが、幼い子供のレベルより上には最後まで達しなかった。そしてヴィクトールよりさらに有名なのがカスパー・ハウザーである。一八二八年のある日の午後、カスパーはひどく風変わりな服装でニュールンベルクに出現し、理解可能な音をほとんど発することができない状態だった。自分の名前は書けたが、ほかのあらゆる点ではまったく幼児のようなふるまいだった。町当局に引きとられ、地元教師の手に委《ゆだ》ねられた彼は、日々床に座り込んで玩具《おもちゃ》の馬で遊び、パンと水しか口にしなかった。にもかかわらず、やがて成長を遂げ、乗馬が大変上手になり、異常なほど清潔好きになって、赤と白を偏愛するようになり、誰が言うにも人並外れた記憶力を、特に名前と顔に関して示したという。それでも依然として室内を好み、明るい光を避け、ハノーファーのペーターと同じくセックスにも金にも興味を示さなかった。過去の記憶が徐々に戻ってくるにつれて、何年ものあいだどこかの真っ暗な部屋で、決して話しかけもせず姿も見せない男に食べ物を与えられて過ごしたことを思い出すに至った。この事実が明かされてまもなく、カスパーは公園で短剣を持った謎《なぞ》の人物に殺された。

こうした一連の物語を考えることを、クインは何年も自分に許していなかった。彼にとって、子供をめぐる話、とりわけ、苦しんだ子供、虐待《ぎゃくたい》された子供、大人になる機も与えられず死んでいった子供をめぐる物語はあまりに辛《つら》かった。もしスティルマンが短剣を持った男であって、かつてみずからがその人生を台なしにした子供に復讐《ふくしゅう》しにやって来るのなら、クインはそこへ行ってそれをやめさせたいと思った。自分の息子を生き返らせることができないのは承知しているが、少なくとも他人の息子が死ぬのを食いとめることはできる。そうする機会がにわかに与えられたのだ。街角にそうやって立って、自分の前に広がっているものを思うと、それが恐ろしい夢のようにおぼろに浮かび上がっていった。息子の遺体を収めた小さな棺のことを、葬儀の日にそれが地中に下ろされるのを見たときのことをクインは考えた。あれこそ掛け値なしの隔離だった、と彼は胸のうちで思った。あれこそ音のない場だった。クイン自身の息子の名もピーターだったことも、何ら慰めにはならなかった。

5

七二丁目とマディソン・アベニューの角で、クインはタクシーを拾った。車がガタゴトと公園を抜けてウェストサイドに向かう最中、窓の外を見て、ピーター・スティルマンも空気と光のなかへ歩み出るときこれと同じ木々を見ているんだろうかと考えた。ピーターには自分と同じものが見えているんだろうか、それとも世界は彼にとって別の場所なのだろうか。そしてもし木が木でないとしたら、本当のところそれは何なのだろう。

自宅の前でタクシーから降りると、腹が空《す》いていることにクインは思いあたった。考えてみれば、朝早くに朝食をとって以来何も食べていない。どうも変だな、スティルマン家では時の経《た》つのが妙に速かった、とクインは思った。彼の計算が正しければ、アパートメントには十四時間以上いたはずだ。なのに実感としては、せいぜい三、四時間しかいなかった気がする。その食い違いにクインは肩をすくめ、「もっと頻繁に時計を見るようにしないと」と自分に言い聞かせた。

来た道を一〇七丁目ぞいに戻って、ブロードウェイで左に曲がり、適当な食事の場所を探して北へ歩いていった。今夜は酒場に行く気がしなかった。酒に染まった無駄話に囲まれて、暗いところで食べるのはいつもなら好ましかったが、今夜は違った。一一二丁目を渡ると、ハイツ・ランチョネットがまだ開いていたので、入ることにした。そこは明るい照明のともる、だがうらぶれた店で、一方の壁に大きなラックがあってヌード雑誌が並んでいるほか、文房具の棚、新聞の棚があり、食事用のテーブルがいくつかあって、合成樹脂の長いカウンターの前には回転式の丸椅子《まるいす》が並んでいた。白いボール紙のコック帽をかぶった、背の高いプエルトリコ人の男がカウンターのなかに立っていた。軟骨を混ぜたハンバーグ、色の薄いトマトと萎《しお》れたレタスの味気ないサンドイッチ、ミルクシェーク、エッグクリーム、そして丸パンなどから成る食事を作るのがこの男の仕事だった。コックの右手、レジのうしろに陣取っているのがオーナーで、縮れ毛の、一方の前腕に強制収容所の番号が刺青《いれずみ》された禿《は》げかけの小男が、煙草《たばこ》、パイプ、葉巻から成る領土に君臨していた。今夜も無表情な顔でそこに座って、入ってきたばかりの翌朝の『デイリー・ニューズ』を読んでいた。

時間が時間なので、店にはほとんど客がいなかった。奥のテーブルに、みすぼらしい服の老人が二人座って——一人はひどく太って一人はひどく痩《や》せている——空のコーヒーカップ二つをはさんで熱心に競馬新聞と睨《にら》めっこしていた。手前では若い学生がマガジンラックに向かって両手で雑誌を広げて立ち、裸の女の写真に見入っていた。クインはカウンターに腰かけて、ハンバーガーとコーヒーを注文した。仕事に取りかかりながら、カウンター係の男は肩ごしにクインに声をかけた。

「今日の試合、見たか?」

「見逃した。何か見どころあったかい?」

「どう思う?」

何年か前から、クインはこの、いまだに名前を知らぬ男といつも同じ会話を交わしていた。あるとき、たまたま野球の話題になって、以来ずっと、クインがこの食堂にやって来るたびに話を続けてきたのである。冬にはトレード、予想、記憶を語る。シーズン中は、いつも決まって最新の試合の話だった。二人ともメッツのファンで、熱いメッツファンであることの望みなさが彼らの絆《きずな》を作っていた。

カウンター係は首を横に振った。「第一打席と第二打席、キングマンがソロホームラン」と彼は言った。「ドカン、ドカン——月まで届く大物さ。ジョーンズも今夜ばかりはまともなピッチングで、これは結構行けるかなと。二対一、九回裏。パイレーツの攻撃、ワンアウト二、三塁のピンチでアレンがリリーフ。次のバッターは敬遠、満塁策でホームでのフォースアウト狙《ねら》い、うまく真ん中に転がればダブルプレーも行ける。バッターボックスはペーニャ、打ってボテボテのファーストゴロ、ボールはキングマンの股間《こかん》を抜けて外野へ。一者生還、ゲームセット、バイバイ・ニューヨーク」

「デイヴ・キングマン、ありゃあ駄目だ」とクインはハンバーガーにかぶりつきながら言った。

「でもフォスターは有望だぜ」とカウンター係は言った。

「フォスターはもうおしまいさ。過去の人だよ。パッとしない間抜けさ」。軟骨のかけらが口に残っていないか舌先で探りながら、クインはよく嚙《か》んで食べた。「あんなのは速達でシンシナティに送り返しちまえばいい」

「ああ」とカウンター係は言った。「でも今年のメッツは行けるよ。少なくとも去年よりはいい」

「どうかなあ」とクインは、もう一口齧《かじ》りながら言った。「データは悪くないけど、実のところ誰がいる？ スターンズは故障続きだし、セカンドとショートはマイナー級、ブルックスは集中力に欠ける。ムーキーはいいが経験不足、ライトはレギュラーさえ決まらない。もちろんラスティはいるけど、あの太りようじゃもう走れやしない。おまけに投手陣ときたら、言うだけ無駄。俺とあんたで明日シェイに行ったら、即先発で雇ってもらえるぜ」

「あんたは監督がいいかも」とカウンター係は言った。「あの阿呆《あほう》どもに活、入れてやるといい」

「そうともさ」とクインは言った。

食べ終わると、クインはふらっと文房具の棚に行った。新しいノートがどっさり入荷していて、青、緑、赤、黄が並んださまはなかなかの壮観だった。一冊を手にとってみると、クイン好みの細罫《ほそけい》だった。クインはペンを使って原稿を書き、タイプライターは清書にしか使わないので、使いやすいスパイラルノートをつねに探していた。スティルマン事件に乗り出したいま、ここは新しいノートを入手すべきだと思えた。考えたこと、観察したこと、疑問点などを書いておく専用の場所があった方がいい。そうしておけば、事態をうまく制御できるかもしれない。

どれにしようかと、ノートの山をじっくり見ていった。どうしてだか自分でも全然わからなかったが、突然、一番下にある赤いノートがたまらなく欲しくなった。引《ひ》っぱり出して、親指で慎重にページを広げながら吟味してみた。どうしてこんなに惹かれるのか、訳がわからなかった。ごく標準的な、二十二センチ×二十七センチ、百ページのノートである。だがその何かが、クインに呼びかけているように思えた。あたかも、そのノートのこの世における独自の使命は、まさに彼のペンから出てくる言葉を収めることであるかのように。自分の気持ちの烈《はげ》しさにほとんど気恥ずかしさを覚えながら、クインはノートを小脇《こわき》にはさんで、レジに行って買った。

十五分後、アパートメントに戻ったクインは、上着のポケットからスティルマンの写真と小切手を取り出し、きちんと机に並べた。机の上から余計なものを片付けて――マッチの燃えかす、煙草の吸い殻、渦を成す灰、空のインクカートリッジ、小銭、切符の半券、いたずら書き、汚れたハンカチ――真ん中に赤いノートを置く。それから、カーテンを閉めて、服を全部脱いで、机の前に座った。こんなことをするのは初めてだったが、なぜかいまは裸になるのがふさわしいように思えた。二十秒か三十秒、動かないよう、息をする以外何もしないよう努めて座っていた。それから赤いノートを開けた。ペンを手にとって、最初のページに自分のイニシャルD・Q（ダニエル・クイン）を書いた。ノートに自分の名前を書き入れるのは五年ぶり、いやもっとだ。クインはしばしこの事実に思いをめぐらしたが、いまはどうでもいいことだと頭から追い払った。ページをめくった。少しのあいだ、その白さをしげしげと眺めながら、自分はどうしようもない阿呆じゃないだろうかと考えた。それから、一番上の行にペンをあて、赤いノートに最初の記帳を行なった。

スティルマンの顔。あるいは、二十年前のスティルマンの顔。明日の顔がそれに似ているかどうか、知りようはない。だがこれが狂人の顔でないことは確かだ。それともこれは不当な発言か？　少なくとも私の目には、とことん感じがいいとは言わぬまでも、いかにも穏やかな顔に見える。口元からは優しささえ感じられる。たぶん青い、潤《うる》みがちな目。この時点ですでに髪は薄いから、いまはおそらくもう禿げていて、残っているとしても銀髪、ことによると真っ白か。妙に見覚えのあるタイプ――思索型、間違いなく神経質、どもりがち、口からあふれ出てくる言葉の洪水を懸命に押しとどめている。

幼いピーター。これは自分で想像する必要があるだろうか、それとも言われたとおり受け入れていいか？　暗闇《くらやみ》。その部屋のなかで、悲鳴を上げている自分自身を思い描くこと。気が進まない。そもそも自分がそれを理解したがっているとも思えない。

何のために？　つまるところこれは物語ではない。ひとつの事実、世界で生じている何かなのであり、私の役割はひとつの任務を果たすこと、ささやかな仕事を為《な》すことであり、私はそれを引き受けたのだ。うまく行けば、しごく簡単な話かもしれない。私は理解するよう雇われたのではない。行動するよう雇われたのだ。これは新しいことだ。何があってもそれを忘れずにいること。

とはいえ、ポー作品でデュパンは何と言っているか？「推論者の知性を、相手のそれに同一化させる」。ここではそれは、スティルマン父に当てはまる。おそらくその方がもっとおぞましい。

ヴァージニアについては、当惑するしかない。キスだけの話ではない――あれだけなら理由はいくらでも考えられる。ピーターが彼女について言ったことも取るに足らない。結婚したことは？　一考の価値ありか？　まるっきりの不似合い。ひょっとして金目当て？　それともどうやってか、スティルマンと共謀しているのか？　だとするとすべてはまるで違ってくる。でもそれでは筋が通らない。だとしたらなぜ私を雇ったりする？　悪意のない見せかけへの証人作り？　ありうる。だがそれは、いくら何でもややこしすぎないか。とはいえ、なぜ彼女を信用すべきでない気がするのか？
ふたたびスティルマンの顔。何分か前から、どこかで見たことがある気がしている。ひょっとして何年も前、逮捕以前に近所で見かけたのか。

他人の服を着るのがどんな感じかを思い出すこと。まずはそこからはじめるべきだろう、はじめねばならないとすれば。ずっと昔、文なしだった二十年ばかり前、よく友だちから着るものをもらった。たとえば大学のときの、Jの古いコート。Jの皮膚のなかにもぐり込むような、あの不思議な感覚。あれがたぶん手がかりだ。

そして、何より大事なこと――自分が誰なのかを忘れないこと。自分が誰だということになっているかを忘れないこと。これはゲームだとは思わない。とはいえ、はっきりしたことは何もない。たとえば――お前は誰だ？　もしそれを知っていると思うなら、なぜ嘘《うそ》をつき続けるのか？　私には答えがない。私に言えるのはこれだけだ――聞いてください。僕の名前はポール・オースター。それは僕の本当の名前ではありません。

6

次の日の午前中、クインはコロンビア大学の図書館でスティルマンの著書を読んで過ごした。早くから出かけて、開館と同時に真っ先に入った。大理石のホールの静かさに、どこかの忘却の霊廟《れいびょう》に入ることを許されたかのように心が和んだ。受付で居眠りしている館員の鼻先に卒業生証をつきつけ、開架へ行って件《くだん》の書物を取り出し、三階に戻って、喫煙室に入って緑の革張りの肱《ひじ》掛け椅子《いす》に身を沈めた。明るい五月の朝が、誘惑のように表にひそみ、宙をあてどなくさまよえと呼びかけている。だがクインはそれに抗《あらが》った。窓に背が向くよう椅子を回して、本を開いた。

『楽園と塔　初期の新世界像』は、ほぼ同じ長さの二部に分かれていた。「楽園の神話」「バベルの神話」。第一部は探検家たちのさまざまな発見に焦点を当て、コロンブスからはじめてローリーまでを論じていた。アメリカをいち早く訪れた人々は、自分たちが偶然に楽園を、第二のエデンの園を発見したと信じていた、というのがスティルマンの主張だった。たとえばコロンブスは三度目の航海記にこう書いている――「地上の楽園がここに存することを私は信じる、神の許しなしには何人《なんぴと》も入れぬ地が」。その地の人々について、ピエトロ・マルティーレはすでに一五〇五年の時点でこう書いていた。「彼らはいにしえの著述家たちがあれほど多くの言を費やしている、あの輝かしい世界に住んでいるように思える――人が素朴に、無垢《むく》に生き、法の強制もなく、諍《いさか》いもせず、裁判官もおらず、誹謗《ひぼう》中傷もなく、ひたすら自然の意に適《かな》うことで己も満ち足りている世界に」。あるいはまた、いたるところで顔を出すモンテーニュは半世紀以上のちにこう書く。「私の意見では、これらの国々で現に目にされているものは、詩人たちが描いてきた黄金時代のあらゆる像、往時の人類の悦《よろこ》ばしきありようを伝えるすべての創作をしのぐのみならず、哲学の理念と欲求そのものにも優っている」。スティルマンによれば、そもそものはじめから新世界発見はユートピア思想を推進する力となったのであり、人間の生活が完全なものになりうるという思いに希望を与えていた。トマス・モア一五一六年の著しかり、その数十年後のヘロニモ・デ・メンディエタによる、アメリカは理想の神権国家に、文字どおり神の国になるであろうという予言もしかり。

しかしそこには、対立する考え方もあった。インディアンを見て、人類の堕落以前の無垢を生きていると捉《とら》えた者もいた一方で、彼らを野蛮な獣、人間の姿をした悪魔と考えた者もいた。カリブ海で食人種が発見されたこともこうした見解を助長した。スペインはそれを、私利私欲を満たすため原住民を残酷に搾取《さくしゅ》する口実に利用した。目の前にいる人間が人間でないと思えば、その人間に対するふるまいに良心の抑制はほとんど要らなくなる。ようやく一五三七年、教皇パウロ三世の大勅書において、インディアンは魂を有する真の人間であることが宣言された。が、その後も何百年と論争は続き、一方ではロックやルソーの「高貴な野蛮人」説に結実し——それが独立後のアメリカの民主主義の理論的土台ともなった——もう一方ではインディアン皆殺しをめざす流れに至り、よいインディアンとは死んだインディアンだけだという根強い思い込みが出来上がったのである。

第二部は、人類の堕落の再検討からはじまっていた。ピューリタンの正統的見解の代表としてミルトンとその著作『失楽園』に大きく依拠しつつ、堕落が起きて初めて我々が知るところの人類が誕生したのだとスティルマンは論じていた。エデンの園に悪がなければ、そこには善もない。ミルトンその人が『言論の自由』で述べているとおり、「口にされた一個の林檎《りんご》の皮から善と悪が、たがいにしがみついた双子《ふたご》のように世界に飛び出した」のである。この一センテンスに対するスティルマンの註解は詳細をきわめていた。語呂《ごろ》合わせや言葉遊びの可能性をつねに意識して、「口にする」(taste)という言葉が、「口にする」「知る」の両方を意味するラテン語 sapere への言及であり、したがって知恵の木への隠れた言及を含んでいることをスティルマンは明かしていた。そして知恵の木こそ、それが口にされることで知識が――すなわち善悪が――世界にもたらされた林檎の源にほかならない。スティルマンはまた、「裂く」(cleave)という言葉の持つ逆説についても仔細《しさい》に論じていた。すなわち、cleave は「合体させる」と「引き裂く」の両方を意味し、二つの同等かつ対立する概念を表わしている。そしてそれによって、ミルトンの全作品を貫いているとスティルマンが主張する言語観を体現しているというのである。たとえば『失楽園』でも、重要な言葉にはそれぞれ二つの意味がある――堕落以前の意味と、以後の意味。その例証となる言葉をスティルマンはいくつか抽出し(sinister ＝不吉な／邪悪な、serpentine ＝蛇の／陰険な、delicious ＝甘美な／淫靡《いんび》な)、堕落以前の用法は倫理的意味合いを含まないのに対し、堕落後の用法は意味も翳《かげ》りを帯びて曖昧《あいまい》さをはらみ、悪の知識に浸されていると論じる。エデンにおけるアダムの唯一《ゆいいつ》の仕事は、言語を創《つく》り出すこと、生き物や事物それぞれに名前を与えることであった。その無垢の状態にあって、彼の舌は世界の核にまっすぐ届いていた。言葉は彼が見たものに付随するだけでなく、それらのものの本質を明かし、文字どおり生命を吹き込んだ。物と名は交換可能であった。堕落後はもはやそうではなくなった。名は物から隔たり、言葉は無根拠な記号の集まりになり果て、言語は神から切り離された。ゆえに楽園の物語とは、人類の堕落のみならず、言語の堕落を伝える物語でもあるのだ。

創世記を読み進んでいくと、言語をめぐる物語がもうひとつ出てくる。バベルの塔の物語である。スティルマンによれば、この物語は楽園で起きたことをそっくり反復している。ただし話はさらに展開されて、人類全体に対して意義を持つものとなっている。そして聖書全体での位置を考えれば、バベルの塔の物語は特別な意味を帯びてくる。創世記十一章、第一節から九節、ここは聖書において、歴史以前の出来事を記した最後の箇所なのだ。これ以降、旧約聖書はもっぱらヘブライ人の年代記となる。言い換えればバベルの塔こそ、世界が真にはじまる以前を伝える、最後の形象なのである。

スティルマンの解説は何ページにも及んでいた。この物語に関するさまざまな解釈の流れを概観したのち、物語をめぐって生じてきた多くの誤読を詳述し、最後はハガダー（律法と直接関係ない事柄に関する律法学者たちの解釈を集成した書物）に収められたさまざまな伝説を列挙していた。スティルマンによれば、大方の了解として、塔は天地創造の一九九六年後、ノアの洪水からわずか三四〇年後に、「我等名を揚《あげ》て全地《ぜんち》の表面《おもて》に散ることを免《まぬか》れんと」して建てられた。神の罰はこうした欲求への応答として訪れた。その欲求は、創世記のはじめの方に記された「生よ繁殖《うめふえ》よ地に満盈《みて》よ」という教えに背いていたからである。すなわち神は、塔を破壊することによって、人間がこの命に従うよう強いていたのである。だが別の読解では、塔は神に対する挑戦として捉えられていた。この説においては、全世界を初めて支配したニムロデが塔の建設者だと考えられた。バベルとは、ニムロデの権力が世界にあまねく及んでいることを象徴する聖堂だというわけである。これはバベルの塔の物語を、天の火を盗み人類に与えたプロメテウスの流れで捉えることにほかならない。そこで鍵《かぎ》となるのは、「其《その》塔の頂《いただき》を天にいたらしめん」と「我等名を揚て」という語句である。塔の建設はやがて、人類の頭に憑《つ》いて離れぬ、ほかのすべてを凌駕《りょうが》する情熱と化し、ついには生そのものよりも重要なものとなっていった。煉瓦《れんが》は人間以上に貴重となった。女性の人夫たちは子供を産むためにすら仕事を中断せず、生まれたばかりの赤児《あかご》を前掛けに入れてそのまま作業を続けた。建設にはおそらく、三つの別個の集団がかかわっていた。天に住みたいと願う人々、神に戦いを挑もうとする人々、そして偶像を崇拝したいと思っている人々。と同時に、彼らはその企てにおいて意をひとつにしていた

（「全地は一《ひとつ》の言語《ことば》一《ひとつ》の音《おん》のみなりき」）。団結した人類のこの潜在的な力が、神を激怒させたのである。「視《み》よ民《たみ》は一《ひとつ》にして皆一《ひとつ》の言語《ことば》を用ふ今既《すで》に此《これ》を為《な》し始めたり然《され》ば凡《すべ》て其《その》為さんと図維《はか》る事は禁止《とど》め得られざるべし」。この神の発言は、アダムとイヴを楽園から追放する際に神が口にした言葉の意図的な反復である――「視《み》よ夫人《かのひと》我等の一《ひとり》の如《ごと》くなりて善悪を知る然《され》ば恐《おそら》くは彼其手《そのて》を舒《の》べ生命《いのち》の樹《き》の果実《み》をも取りて食《くら》ひ無限《かぎりなく》生《いき》んと／エホバ神《かみ》彼をエデンの園よりいだし……」。またさらに別の読解を提示する派は、この物語は単に、民族と言語の多様性に根拠を与える方便として考案されたにすぎないと説く。人間がみなノアとその息子たちの子孫であるなら、文化間の途方もない違いをどうにかして説明しないといけない、というわけである。もうひとつ類似した、バベルの物語は異教信仰と偶像崇拝が存在する理由を説明するものだと唱える読み方もある。たしかに、この物語が現われるまでは、人間の信仰はすべて一神教として描かれている。塔自体については、伝説によるとその三分の一は地中に崩れ落ち、三分の一は火事で焼かれ、そのまま建っているのは三分の一だけだった。破壊が偶然の産物ではなく天罰だということを明らかにするために、神は二つのやり方で塔を攻撃したのだ。とはいえ、残った三分の一だけでも十分に高く、その頂から見れば、棕櫚《しゅろ》の木もイナゴほどの大きさにしか見えなかったという。また、バベルの塔の影のなかを三日歩きつづけてもまだ外に出ないとも言われた。そして最後に、スティルマンはこれをとりわけ詳細に論じていたが、塔の廃墟《はいきょ》を目にした者は知っていることをすべて忘れてしまうという伝説があった。

こうした一連の話が、新世界といったいどう関係があるのか、クインには見当もつかなかった。だがやがて新しい章がはじまり、今度は一転して、ヘンリー・ダークなる、ボストンの聖職者の生涯が論じられていた。一六四九年、チャールズ一世が処刑された日にロンドンで生まれたこの人物は、一六七五年にアメリカへ渡り、九一年にマサチューセッツ州ケンブリッジで火事に遭って焼け死んだ。

スティルマンによれば、若き日のヘンリー・ダークは、一六六九年からジョン・ミルトンの秘書を、五年後に詩人が没するまで務めたということだった。これを読んで、クインはおやっと思った。盲目になったミルトンは作品を娘の一人に口述筆記させていた、という話をどこかで読んだことがあったからである。ダークは敬虔《けいけん》なピューリタンで、神学を学び、ミルトンの作品の熱心な信奉者であった。ある晩、小さな集まりで崇拝するミルトンに出会い、翌週自宅に招待された。こうして訪問が重なり、やがてミルトンはこまごまとした仕事をダークに任せるようになった。口述筆記を請け負う、ミルトンを連れてロンドンの街を歩く、古典を朗読して聞かせる。ボストンに住む姉に宛《あ》てた一六七二年の手紙で、聖書の解釈の仔細な点をめぐってミルトンと長時間議論を戦わせたとダークは述べている。やがてミルトンは他界し、ダークは悲しみに暮れた。半年後、イングランドはもはや何も与えてくれぬ砂漠としか思えず、アメリカ移住を決意する。こうして一六七五年の夏、ボストンに着いた。

新世界にやって来て最初の数年のダークの動向については、ほとんど何も知られていない。西部へ旅し、未踏の地に乗り出した可能性もあるとスティルマンは推測していたが、具体的な証拠は何もなかった。一方、著述中に見られるいくつかの発言から、インディアンの慣習に通暁《つうぎょう》していることが窺《うかが》えるため、一定期間どこかの部族とともに暮らしていたのではないかという説をスティルマンは立てていた。いずれにせよ、ダークの名前が公的な場に現われるのは一六八二年が最初であり、ボストンの結婚登記簿に、ルーシー・フィッツなる女性を妻に娶《めと》ったと記されている。二年後には、ボストン郊外で小さなピューリタンの会衆《えしゅ》を率いる人物として名が挙がっている。妻とのあいだには子供も何人か生まれたが、みな幼児のうちに亡《な》くなった。一六八六年に生まれた息子ジョンは幼年期を生き抜いたが、一六九一年、過《あやま》って二階の窓から落ちて命を落としたということだった。そのわずか一か月後、火事が起きて家が炎に包まれ、ダークも妻も焼け死んだ。

あるひとつの仕事を為していなければ、ヘンリー・ダークの名も初期アメリカ史のなかに埋もれてしまっていただろう。一六九〇年、『新バベル』と題して刊行された六十四ページの小冊子は、スティルマンによれば、新大陸をめぐってそれまでに書かれたいかなる記述よりも烈《はげ》しい幻視力に貫かれていた。刊行後まもなく世を去ることがなかったら、もっと大きな影響力を持ったであろうことは疑いない。だが印刷された小冊子の大半は、ダークが焼死した火事で焼けてしまった。スティルマン自身、そのわずか一冊を、偶然ケンブリッジの自分の生家の屋根裏部屋で発見したのみだった。何年も調査に勤《いそ》しんだ末、これが唯一現存する一冊であるという結論にスティルマンは達していた。

ミルトンばりの力強い文章で書かれた『新バベル』は、アメリカに楽園をうち建てることの正当性を説く書であった。この問題を論じているほかの一連の書き手とは違って、楽園とは発見しうる場だという前提にダークは立っていなかった。楽園への道を記した地図は存在しないし、人をその岸に導いてくれる航海道具もない。むしろそれは、人間のなかに内在している。それは「彼方《かなた》」をめぐる観念、人間がいま–ここにいつの日か築けるかもしれぬ「彼方」をめぐる観念なのである。ユートピアとは、ダークも述べたようにその「言葉面《づら》」からして「どこにもない場所」なのだ。夢に見られたこの場所を人がつくり出せるとすれば、それは、自分の両手で建設することによってでしかありえないだろう。

バベルの物語を預言的な作品として捉える読み方を、ダークは自説の結論の根拠に用いていた。ミルトンの堕落観に大きく依拠し、師に倣《なら》って言語の役割に尋常ならざる重きを置きつつ、ミルトンの考えをさらに一歩推し進めていた。すなわち、人類の堕落が言語の堕落を伴ったのだとすれば、言語の堕落を元に戻せたなら、そしてエデンで話されていた言語をどうにかして再創造できたなら、そこから生じた結果も元に戻せると考えていいのではあるまいか？　原初の、無垢《むく》の言語を話せるようになったら、人は自分のなかにも無垢の状態を取り戻せることにならないだろうか？　キリストの範を見ればこの正しさが理解できるはずだ、とダークは論じていた。キリストもまた、生身の人間、肉と血から成る生き物ではなかったか？　そしてそのキリストは、堕落以前の言語を話したのではなかったか？　ミルトンの『復楽園』において、サタンが「欺《まど》わしの二重の意味」をもって話すのに対し、キリストの「行為は言葉と一致し、言葉は／その大いなる心を然《しか》るべく言い表わし、心は／善なる、賢なる、正なる、全き形を有せり」。そして神は、「究極の御意を伝え給《たま》わんと／いまやその生ける神託を世に送り出し給い、／真理の御霊《みたま》を此《これ》より／敬虔なる心に宿らせんと送り給い／人の知るべき一切の真理への／内なる神託と」されたのではなかったか？　そして、キリストゆえに、堕落は幸運な結末を、教義の説くところの幸いなる罪過《フェリクス・クルパ》を迎えたのではなかったか？　ゆえに――とダークは論じる――人間が原初の無垢なる言語を話すこと、己の内なる真実を、全き、損なわれていない形で取り戻すことは、決して夢ではないのである。

ここでダークはバベルの物語に目を向け、自身の計画を詳述して、来《きた》るべき世界の展望を語る。創世記十一章第二節、「茲《ここ》に人衆《ひとびと》東に移りてシナルの地に平野《ひらの》を得て其《そ》処《こ》に居住《すめ》り」を引いて、人間の生活と文明が西へ向かって移っていくことの証《あか》しをここに見る。バベルの町――すなわちバビロン――とは、ヘブライ人の地のはるか東、メソポタミアに位置していた。そのバベルがどこかの地の西にあったとすれば、その地とは、人類原初の地たるエデンであるにちがいない。「生《うめ》よ繁殖《ふえ》よ地に満盈《みて》よ」という神の命に応《こた》える、地上全体に広がっていこうとする営みも、必然的に、西へ向かって進んでいくものになるだろう。そして、キリスト教世界全体において、いかなる地よりも西の地といえば、まさにアメリカをおいてほかにないではないか？　したがって、イギリス人植民者たちが新世界へ渡ってきたのも、いにしえの神命を実行したものと見ることができる。アメリカとは大いなる流れの、最後の一歩なのだ。ひとたび大陸に人が満ちたなら、人類のありように変化が訪れる機も熟していることだろう。バベルを建設する上での障害は——すなわち、人類が地に満ちねばならぬという縛りは——もはや消滅しているのだから。そのとき、地全体がふたたびひとつの言語《ことば》、ひとつの音《おん》を持つことが可能になるのだ。もしそれが起きるなら、楽園ももはや遠くはあるまい。

バベルがノアの洪水の三四〇年後に建てられたのと同じように、神の命が実行されるのは『メイフラワー』号プリマス到着のちょうど三四〇年後のことであろう、とダークは予言していた。人類の命運を握っているのは、神に新たに選ばれしピューリタン以外ありえない。かつて選ばれた、神の子を退けたことによって神意を叶《かな》えずに終わったヘブライ人とは違って、新天地に渡ってきたこれらイギリス人こそ、天と地がついに合体する前の、歴史の最終章を書き記すことになるのだ。箱舟に乗ったノア同様、彼らもまた、聖なる任を果たすべく広漠たる大洋の洪水を渡ってきたのである。三四〇年ということは、ダークの計算によれば、植民者たちの仕事の第一段階は一九六〇年に終結する。その時点で、以後続くはずの真の仕事——すなわち新バベル建設——のための土台は出来上がっているだろう。ボストンの街を見れば、心強い徴候がすでに見てとれる、とダークは書く。なぜなら、世界中のほかのどの地にも増して、この街の主要な建築材料は煉瓦であり、煉瓦こそ、創世記十一章第三節においてバベルの塔の建築材料として明記されている素材なのだ。一九六〇年、新バベルの建設がはじまるであろう、とダークは自信満々に書く。塔の形そのものが天を希求し、人間精神の再生を象徴するであろう。歴史は逆向きに書かれるであろう。堕《お》ちたものは助け起こされ、壊れたものは元どおりになるであろう。ひとたび完成したあかつきには、塔は新世界の全住民を住まわせる大きさを有するであろう。一人ひとりに部屋が与えられ、ひとたびその部屋に入ったなら、人は己が知るすべてを忘れるであろう。そして四十日、四十夜ののちに新しき人となって現われ、神の言葉を話すようになっているであろう。第二の、永遠の楽園に暮らす態勢はいまや整っているであろう。ヘンリー・ダーク著になる、一六九〇年十二月二十六日、『メイフラワー』号上陸七十周年記念日を刊行日とする小冊子のスティルマンによる要約はこうして終わっていた。

クインは小さくため息をついて、本を閉じた。読書室には誰もいなくなっていた。彼は前かがみになり両手で頭を抱え、目を閉じた。「一九六〇年」と口に出してみた。ヘンリー・ダークの姿を呼び起こそうとしたが、何も浮かんでこなかった。頭のなかに浮かんでくるのは、火だけ、燃える書物を包む炎だけだった。それから、考えの流れを見失い、どこへ進んでいたかも忘れたクインは、突然、一九六〇年とはスティルマンが息子を閉じ込めた年であることを思い出した。

赤いノートを開いて、しっかり膝《ひざ》の上に載せた。ところが、いまにも書き込もうとしたところで、もうたくさんだ、という思いが湧《わ》いてきた。クインは赤いノートを閉じ、椅子《いす》から立ち上がって、スティルマンの著書を受付カウンターに返した。階段を降りたところで煙草《たばこ》に火を点《つ》け、図書館を去り、五月の午後のなかへ出ていった。

7

グランドセントラル駅にはかなり早めに着いた。スティルマンの列車は六時四十一分まで来ないが、駅構内の地理をよく見て、逃げられたりしないようにしておきたかったのである。地下鉄から出て広々とした駅ホールに入っていくと、大時計があって、まだ四時過ぎだったが、すでにラッシュアワーの混雑がはじまりかけていた。四方から迫ってくる肉体のひしめきのなかを縫って進みながら、クインはプラットホームを見て回り、隠れた階段や、案内のない出口、暗い凹《へこ》みなどを探した。その結果、消えようと決めた人間だったら大して苦もなく消えられる、という結論に至った。自分がここで待ち構えているのをスティルマンが嗅《か》ぎつけていないことを祈るしかない。もし嗅ぎつけられていないとして、それでもスティルマンが見つからないなら、ヴァージニア・スティルマンがクインに嘘《うそ》の情報を伝えたということになる。ほかに考えようはない。万一うまく行かなかったときに代案があると思うと、いくぶん気が楽だった。スティルマンが現われなかったら、東六九丁目に直行して、ヴァージニアを問いつめるのだ。

駅構内をさまよいながら、自分が何者だということになっているかをクインは自分に言い聞かせた。ポール・オースターであることは決して不快ではないことをクインは実感しつつあった。依然として同じ肉体を持ち、同じ心、同じ考えを持ってはいても、何となく自分の外に引き出されたような、あたかももはや自分の意識という重荷を抱えて生きなくていいような気がした。簡単な思考のトリック、名前のちょっとしたひねりによって、較《くら》べようもないほど身が軽く、自由になった気がした。たしかに、すべて錯覚であることは承知している。だがそこにはある種の慰めがあった。べつにクインは、自分をすっかり失ってしまったわけではない。単にふりをしているだけであり、いつでも好きなときにクインであることに戻れるのだ。自分がポール・オースターであることにはっきり目的ができたという事実が――そしてその目的は自分にとってますます重要になりつつあるという事実が――こうして芝居を打つことのいわば倫理的口実となってくれて、自分の嘘を弁護しなくてはいけないような気持ちもなくなっていた。オースターとして自分を思い描くことは、いまや彼の頭のなかで、世界において善を為《な》すことと同義になっていた。

こうして、あたかもポール・オースターの肉体に入り込んだかのようにクインは駅構内をさまよい、スティルマンが現われるのを待った。だだっ広い駅ホールの丸天井を見上げて、星座のフレスコ画をじっくり眺めた。もろもろの星を表わす電球が点《とも》され、天空の住人たちの姿が線で描いてある。それぞれの星座とその名前との結びつきが、クインには見えたためしがなかった。子供のころ夜空の下で何時間も過ごし、針の穴のような光の集まりを、熊《くま》、牡牛《おうし》、射手《いて》、水瓶《みずがめ》などの形と合わせようと頑張ったものの、いっこうに成果はあがらず、何とも間抜けな気分に、自分の脳の真ん中に盲点があるような気分になっただけだった。幼かったころのオースターはそういうこともう少し得意だっただろうか。

ホールの向こう側、駅東側の壁の大半はコダックの宣伝写真が占めていて、その明るい、ありえない色を見せつけていた。今月選ばれた風景は、ニューイングランドのどこかの漁村の街路だった。ナンタケットだろうか、美しい春の光が石畳に降り注ぎ、色とりどりの花が家々の窓置きの箱に並んで、道のずっと奥には、白い波と吸い込まれるように青い水をたたえた海があった。ずっと昔、妻と二人でナンタケットを訪れたことをクインは思い出した。妻が妊娠して一か月目で、息子はまだ彼女の腹のなかにいて、ちっぽけなアーモンドほどの大きさもなかった。いまそのことを想《おも》うと胸が痛んだ。頭のなかで形を帯びつつある情景をクインは抑えつけようとした。「オースターの目で見るんだ」と彼は自分に言った。「ほかのことは考えるんじゃない」。もう一度写真に注意を戻すと、思いが鯨や、十九世紀にナンタケットから出発していった探検隊に、そしてメルヴィル、『白鯨』の冒頭へと流れていくのを感じてホッとした。そこからさらに、メルヴィルの晩年についてかつて読んだ記述へと心は漂っていった。ニューヨークの税関で働く物静かな老人、もはや読者もおらず世間から忘れられた作家。と、クインの目に、驚くほど明瞭《めいりょう》に、精緻《せいち》に、バートルビーの窓と、バートルビーの前に立ちはだかるのっぺらぼうの煉瓦《れんが》の壁が見えた。

と、誰かがクインの膝《ひざ》をとんとん叩《たた》いた。襲撃に応《こた》えようとさっと身を翻《ひるがえ》すと、小柄で物言わぬ男が緑と赤のボールペンを差し出していた。ペンに小さな白い紙の旗がホッチキスで止めてあり、旗の一方の面に「この善《よ》き品は聾唖者《ろうあしゃ》の提供です。代金はいくらでも結構です。ご協力ありがとうございます」と書いてあった。もう一方の面には指文字表があって――あなたの仲間と話せるようになりませんか？――アルファベット二十六文字それぞれを表わす指の形が描いてあった。クインはポケットに手を入れて、男に一ドルを渡した。相手は一度ごく短くうなずき、手にペンを持ったクインを残して立ち去った。

五時を過ぎていた。ここは少し無防備すぎるとクインは判断し、待合室へ向かった。ふだんは陰鬱《いんうつ》な、埃《ほこり》だらけの、どこへも行くところのない人々がたむろする場所だったが、いまはラッシュアワーのさなかとあって、ブリーフケースや本や新聞を持った男女に占領されている。クインは席を探すのに苦労したが、二、三分探してやっとひとつのベンチにすきまが見つかり、青いスーツの男とぽっちゃりした若い女とのあいだに身を押し込んだ。男は『ニューヨーク・タイムズ』のスポーツ欄を読んでいて、クインはさりげなくそっちを見てメッツの昨夜の敗北の記事を読もうとした。三段落目か四段落目まで行ったところで、男はゆっくりクインの方を向き、敵意まる出しの目で睨《にら》みつけて、クインから見えないよう新聞をぐいっと引いた。

その次に、奇妙なことが起きた。こっちには何か読むものはあるかと、クインは右側の若い女に注意を向けた。歳《とし》は二十歳《はたち》前後というところだろう。左の頰にいくつかにきびがあって、ピンクがかったファウンデーションを塗りたくって目立たなくしてある。口ではパチン、パチンとチューインガムを鳴らしている。だが女は本を読んでいた。けばけばしい表紙のペーパーバックのタイトルを見ようと、クインは体をほんの少し右に傾けた。まったく予想外なことに、それは彼が書いた本だった。ウィリアム・ウィルソン著『スクイズプレー』、マックス・ワークシリーズの第一作である。

前から何度か、こうした状況をクインは夢想していた。自分の読者との、突然の予期せぬ悦《よろこ》ばしい出会い。ここから生じる会話さえ彼は思い描いていた。見知らぬ人物が彼の本をほめそやすのをよそに、慇懃《いんぎん》な、遠慮がちな態度を崩さず、やがて「まあそこまでおっしゃるなら」と、しぶしぶ、あくまで謙虚に、タイトルページにサインすることに同意する。ところが、それがいざこうして現実に起きてみると、クインはひどい失望を、さらには怒りを感じた。隣に座っている女が彼には気に入らなかった。あれほど苦労して書いた文章を、適当に読み流しているのが不愉快だった。女の手から本を取り上げて、駅の外まで駆け出してしまいたい衝動に駆られた。

女が頭のなかで発している言葉を聞きとろうと、もう一度その顔を見てみた。ページの上を左右に飛び交う目をクインはじっと眺めた。どうやら、少し強く見すぎたにちがいない。じきに女が苛立《いらだ》たしげな顔でクインの方を向き、「なんかモンダイあるの、ミスター？」と言ったからだ。

クインは弱々しい笑顔を返した。「モンダイはない」と彼は言った。「ただ、君がその本、気に入ってるかなと思って」

女は肩をすくめた。「もっとマシなの読んだこともあるし、もっとひどいの読んだこともあるわね」

もうそこで会話を打ち切りたかったが、クインのなかの何かがやめようとしなかった。席を立って歩き去るより前に、すでに言葉が口から出ていた。「面白いかい?」

女はもう一度肩をすくめ、ガムを大きくパチンと鳴らした。「まあね。探偵が迷子になるところなんか、ちょっと怖いわね」

「その探偵、頭はいいかい?」

「うん、頭はいいわよ。でも喋《しゃべ》りすぎね」

「もっとアクションがあった方がいい?」

「まあそうね」

「気に入らないのに、なぜ読むのをやめない?」

「さあね」。女はまたもう一度肩をすくめた。「ま、時間つぶしにはなるし。とにかくどうってことないわよ。たかが本だもの」

自分が何者か、クインはもう少しで口にしてしまいそうになったが、言ったところで仕方ない、と思い直した。こんな女は救いようがない。五年間、ウィリアム・ウィルソンの正体は秘密にしてきたのだ。いまになってこんな低能な赤の他人に明かす気はない。とはいえ、これが辛《つら》い体験であることに変わりはなかった。プライドを呑《の》み込もうと、クインは必死に自分を抑えた。女の顔を殴りつけたりしないよう、出し抜けに立ち上がって、歩き去った。

六時半に、二十四番ホームの前に陣取った。列車は定刻に到着予定である。こうして通路の真ん中に立っていれば、確実にスティルマンが見えるはずだ。ポケットから写真を出して、もう一度じっくり、特に目に注意を払って吟味した。目だけは顔のなかで唯一《ゆいいつ》変わらないという話を、クインは前にどこかで読んだことがあった。子供のころから老年に至るまで、目は同じであり、理屈としては、まともな目と頭の持ち主なら、写真で少年の目を見ていれば老人となった同じ人物を認識できるというのである。怪しいものだと思ったが、とにかく手がかりはこれしかない。これだけが唯一、現在につながっている橋なのだ。だが今度もまた、スティルマンの顔は何も語ってくれなかった。

列車が駅に入ってきて、振動が体内を貫くのをクインは感じた。ランダムな、狂おしい騒音が脈拍に仲間入りして、血液を荒々しく、間歇泉《かんけつせん》のように押し出す気がした。と、頭のなかがピーター・スティルマンの声でいっぱいになり、ナンセンスな言葉の連射が頭蓋骨《ずがいこつ》の壁に当たってカタカタ鳴った。落ち着くんだ、とクインは自分に言い聞かせた。だがそれもほとんど役に立たなかった。自分ではもっと冷静でいられるつもりだったのに、どうにも興奮が抑えられなかった。

列車は混んでいた。下車した乗客がスロープになった通路にあふれ、クインの方に近づいてきながら、見る見る暴徒のようになっていった。クインは赤いノートでそわそわと右の太腿《ふともも》を叩き、爪先《つまさき》で立って、人ごみを覗《のぞ》き込んだ。まもなく周りじゅうが人であふれた。男がいて女がいて、子供がいて老人がいて、ティーンエイジャーに赤ん坊、金持ちに貧乏人、黒人の男に白人の女、白人の男に黒人の女、東洋人にアラブ人、茶にグレーに青に緑の服を着た男たち、赤に白に黄にピンクの服を着た女たち、スニーカーの子供、革靴の子供、カウボーイブーツの子供、太った人に痩《や》せた人、背の高い人に背の低い人、それぞれ一人ひとりがいかなる他人とも違っていて、それぞれ還元しようもなく自分自身だった。クインは己の居場所にしっかりとどまり、自分の存在全体を目に集中させたかのようにそれらすべての人々に見入っていた。年配の男が近づいてくるたびに、スティルマンだろうか、と身構えた。クインが失望に浸る間もなく、彼らはせかせかと歩いてきては通り過ぎていったが、その老いた顔一つひとつのなかに、本物のスティルマンの前兆が見てとれるように思えて、新たな顔をまたひとつ見るたび、クインはすばやく予測を修正した。あたかも、累積《るいせき》していく老人たちの総体が、スティルマンその人の、いまにも迫った到着の予告であるように思えた。ほんの一瞬のあいだ、「こういうのが探偵稼業《かぎょう》ってわけか」とクインは考えた。だがそれ以外は何も考えなかった。ひたすら見ていた。動く群衆のただなかで、一人不動で立ち、見た。

乗客が半分くらいいなくなったところで、スティルマンの姿が見えた。写真に似ていることは間違いなさそうだった。クインの予想に反して、禿《は》げてもいなかった。櫛《くし》も通っていない白い髪が頭の上に載っていて、あちこち房がぴんと立っていた。背は高く、痩せていて、明らかに六十を過ぎており、腰はいくぶん曲がっている。季節外れの長い茶のコートはもうだいぶくたびれていて、足もわずかに引きずるような歩き方だった。顔に浮かんだ表情は穏やかで、茫然《ぼうぜん》自失と思慮深さとの中間といったところ。周囲を見ている様子はなく、興味もなさそうだった。荷物はひとつ、かつては立派だったにちがいないがいまはぼろぼろの、ストラップを巻いて止めた革のスーツケースがあるだけ。一度か二度、老人はスロープをのぼっている最中にスーツケースを下ろして一休みした。人波にいささか圧倒されて、動くのにも難儀している様子で、流れに遅れず進むべきか、周りの人々を先に行かせるべきか決めかねていた。

クインは何歩か下がって、何があってもすぐ左右に動けるよう位置を定めた。と同時に、尾行していることを相手に勘づかれぬよう距離は十分とっておかねばならない。

駅の出入口まで行きつくと、スティルマンはもう一度スーツケースを下ろして立ちどまった。その瞬間、クインはスティルマンの右側に目をやり、何ら間違いを犯していないことをもう一度確かめようと群衆を見渡した。そのとき、およそ説明のしようのない出来事が起きた。スティルマンのすぐ後方、右肩のうしろあたり、視界に入ってきた男が立ちどまって、ポケットからライターを出して煙草《たばこ》に火を点《つ》けた。その顔はスティルマンとそっくり同じだった。一瞬、幻覚だとクインは思った。スティルマンの身体《からだ》を流れる電磁気が発した一種の後光《オーラ》なのだと思った。だが違う、このスティルマンは動き、呼吸し、まばたきをしていた。その行動は明らかに第一のスティルマンから独立していた。第二のスティルマンはいかにも裕福そうな雰囲気を漂わせていた。上等な青いスーツを着ていて、靴もピカピカ、白髪にはきちんと櫛が通してあり、目には世慣れた人間の抜け目ない表情が浮かんでいた。荷物はやはりひとつで、もう一人のスティルマンとだいたい同じ大きさの、洒落《しゃれ》た黒いスーツケースだった。

クインは凍りついた。こうなってしまっては、これ以後何をやったところで、間違いではありえないということはない。何を選んでも――そして何かを選ばないわけには行かない――偶然に任《まか》せた恣意《しい》的な選択でしかない。不確実性が最後までつきまとうことだろう。と、二人のスティルマンがふたたび先へ行きはじめた。一人目は右に曲がり、二人目は左に曲がった。クインはアメーバの身体を渇望《かつぼう》した。自分を半分に切って、同時に二つの方向に駆けていきたかった。「何かするんだ」と彼は自分に言った。「さっさと何かするんだ、馬鹿《ばか》」

何の理由もなしに、左に曲がり、第二のスティルマンを追っていった。九歩か十歩行ったところで、止まった。何かがクインに、いまやっていることを今後ずっと後悔することになるぞと告げていた。これは憤《いきどお》りに駆られた行動である。自分を混乱させたことで第二のスティルマンを罰しようとしているのだ。うしろに向き直ると、第一のスティルマンが足を引きずって反対方向に歩いていくのが見えた。絶対こっちだ。このみすぼらしい人物、尾羽打ち枯らし周囲からすっかり遊離してしまっているこの男こそ狂人スティルマンにちがいない。クインは大きく息を吸い込んで、震える胸で息を吐き、それからまた吸い込んだ。知りようはない――このことに関しても、ほかの何に関しても。クインは第一のスティルマンのあとをつけて行った。老人のペースに合わせて歩みを遅くし、地下鉄までついて行った。

時刻はもう七時近くで、混雑は引きはじめていた。老教授は霧に包まれているような様子だったが、それでも自分の行き先はしっかり把握していた。まっすぐ地下鉄の階段に直行し、地下のトークン売場で金を払い、落ち着いた顔でプラットホームに立って、タイムズスクウェア・シャトルを待った。気づかれてはいけない、という恐れをクインは失いはじめていた。自分の思いにここまで没頭している人間を見るのは初めてだった。かりにこっちが目の前に立ったとしても、相手に見えるかどうかは疑わしいと思った。

二人はシャトルに乗ってウェストサイドまで行き、四二丁目駅のじめじめした廊下を通り抜けて、IRT列車の方に向かってまた階段を下りていった。七、八分後にブロードウェイ急行に乗ってアップタウンに向かい、いくつもの駅を止まらずに通過し、二つ目の停車駅、九六丁目で降りた。これで最後となる階段をゆっくり上がっていって——スティルマンが何度もスーツケースを下ろして息をつくたびにクインの歩みも止まることになった——地上の四つ角に出て、藍色《あいいろ》の夕暮れのなかに入っていった。スティルマンはためらわなかった。方角を確かめようと立ちどまったりもせず、さっさとブロードウェイの東側を北上していった。何分かのあいだ、クインの頭のなかで、スティルマンは一〇七丁目のクイン自身の住まいに向かっているのだ、というおよそ理不尽な確信が浮かんでいた。が、クインが一人で勝手にパニックに陥る暇もなく、スティルマンは九九丁目の角で立ちどまり、信号が赤から青に変わるのを待って、ブロードウェイを反対側に渡った。次の四つ角までの距離を半分くらい行ったあたりに、ホテル・ハーモニーなる、落ちぶれた連中相手の小さな安宿があった。クインもいままでたびたびその前を通ったことがあり、あたりにたむろしているアル中や流れ者にも見覚えがあった。スティルマンがその玄関のドアを開けてロビーに入るのを見て、クインは驚いてしまった。何となく、もう少し快適な宿を取っているものと思い込んでいたのである。だが、ガラス張りのドアの外に立って覗いていると、老教授はフロントデスクに行き、明らかに自分の名前を宿帳に書いて、スーツケースを手にとりエレベータのなかに消えていった。本当にここに泊まるのだ。

その後二時間、クインは外で待ち伏せた。スティルマンがそのへんのコーヒーショップで夕食をとりに出てくるのではと、歩道を行ったりきたりしていた。だが老人はいっこうに現われず、とうとうクインも、きっと寝てしまったのだろうと判断した。四つ角の電話ボックスからヴァージニア・スティルマンに連絡し、一日の出来事を詳しく報告して、一〇七丁目のアパートメントに帰った。

8

翌朝、そしてその後何日もの朝、クインはブロードウェイと九九丁目の交差点中央の安全地帯の真ん中に置かれたベンチに陣取った。朝早く、かならず七時前には来て、テイクアウトのコーヒーと、バターを塗ったロールパンを携え、開いた新聞を膝《ひざ》の上に置いてホテルのガラスドアを見張った。スティルマンは八時ごろに出てきた。いつも長い茶のコートを着て、大きな、古風なカーペット地の旅行鞄《かばん》を持っていた。二週間のあいだ、これらの点は少しも変わらなかった。老人は近所をあちこちさまよった。ゆっくりと、時には動いているのもほとんどわからないくらいゆっくりと進んでは立ちどまり、また先へ行って、ふたたび立ちどまった。あたかも、一歩一歩の重さと大きさをきちんと測らないことには、すべての歩みの総計におけるその一歩の位置が定まらないかのような趣だった。こういうふうに動くのはクインにとっては難儀だった。彼はきびきびと歩くことに慣れていた。こうやって歩き出してはまた止まり、足を引きずって進んでいると、体のリズムを崩されてしまう気がした。それがだんだんとこたえてきた。彼は亀《かめ》を追いかける兎《うさぎ》だった。何度も何度も、止まれ、速すぎるぞ、と自分に言い聞かせねばならなかった。

こうした日々の散歩においてスティルマンが何をしているのか、クインには謎《なぞ》でありつづけた。もちろん、何が起きているかは自分の目で見ることができたし、それを逐一赤いノートに書きつけもした。だがそれら出来事の意味は、いつになっても見えてこなかった。スティルマンが特にどこかへ向かっているという様子はいっこうに見られなかったし、そもそも自分がどこにいるのかもわかっていないように思えた。にもかかわらず、あたかもはっきり意図があるかのように、歩く範囲だけは、きっちり区切られた狭い地域に限定されていた。北は一一〇丁目、南は七二丁目、西はリバーサイド・パーク、東はアムステルダム・アベニューがそれぞれ境界だった。いかに行きあたりばったりの彷徨《ほうこう》のように見えても——そして一日一日ルートは違っていた——絶対にこれらの境界線を越えることはなかった。その厳格さがクインをとまどわせた。それ以外の点ではすべて、スティルマンには目的も目標もまるでないように思えたのだ。

歩いている最中、スティルマンは顔を上げなかった。目はつねに舗道に、あたかも何かを探しているかのように釘付《くぎづ》けにされていた。実際、時おり腰をかがめて、地面から何か物を拾い上げ、手の上で何度もひっくり返しながらしげしげと眺めたりした。その姿はクインに、先史時代の遺跡に赴いて何かの破片を吟味している考古学者を思わせた。そうやってじっくり調べた物を、また舗道に投げ捨てることもあったが、鞄を開けてていねいにしまうことの方が多かった。それから、コートのポケットに手を入れて、赤いノートを――クインのと似ているがもう少し小さい――取り出し、一、二分のあいだ、おそろしく真剣な様子で何やら書き込んだ。書き終えるとノートをポケットに戻し、鞄を手にとって先へ進んでいった。

クインから見るかぎり、スティルマンが拾い上げた物たちはおよそ何の価値もなかった。ただの壊れた物、捨てられたゴミ、半端《はんぱ》ながらくたとしか思えなかった。数日のあいだにクインは、傘の生地が剝《は》ぎとられた折りたたみ傘、ゴム製人形の頭部、黒い手袋片方、割れた電球の底部、いくつかの印刷物(水を吸った雑誌、ずたずたに破れた新聞)、裂けた写真、何の一部とも知れぬ機械部品、その他特定しようのないさまざまなクズを目にした。こうしたゴミ漁《あさ》りをスティルマンが真剣に捉《とら》えていることには好奇心をそそられたが、いまはとにかくそれを観察し、見たことを赤いノートに書きとめ、間抜けな気分ながらも物事の表面を漂いつづけるしかなかった。と同時に、スティルマンも赤いノートを持っているのは何となく嬉《うれ》しかった。自分たちのあいだに秘密の絆《きずな》があるような気になれた。あの赤いノートには、先日来こっちの頭のなかにたまってきている疑問への答えが書かれているのではないか。どうやったらあれを老人から盗めるか、クインはさまざまな策を練りはじめた。だが実行に移すのはまだ早い。

街路から物を拾い上げる以外、スティルマンは何もしていないように見えた。定期的に足を止め、どこかで食事をとりはする。時おり誰かにぶつかって、もごもごと謝罪の文句を口にする。あるときなど、道路を渡る際に危うく車に轢《ひ》かれそうになった。誰とも口をきかず、いかなる店にも入らず、笑顔ひとつ浮かべなかった。スティルマンは楽しそうでも、悲しそうでもなかった。二度、ゴミ漁りの収穫がいつになく大きかったとき、昼のあいだに宿へ戻って、数分後にふたたび空にした鞄を持って出てきた。たいていの日は、最低数時間をリバーサイド・パークで過ごし、マカダム舗装の遊歩道を整然と歩いたり、棒きれで藪《やぶ》を叩《たた》いて回ったりした。物の探求は緑に囲まれているときでも止《や》まなかった。石ころ、葉っぱ、小枝、何であれ鞄のなかへ入っていった。一度など、クインが見守るなか、身をかがめて乾いた犬の糞《ふん》を拾い、くんくん丹念に匂《にお》いを嗅《か》いで鞄に入れた。公園はスティルマンの休憩場所でもあった。午後の、しばしば昼食後のひとときに、ベンチに座ってハドソン川の向こう岸を眺めた。とりわけ暖かいある日など、芝生の上に大の字になって眠った。日が暮れると、九七丁目とブロードウェイの角のアポロ・コーヒーショップで夕食をとり、宿へ戻っていった。息子と接触を試みたことは一度もなかった。ヴァージニア・スティルマンに訊《き》いても――クインは毎晩アパートメントに戻ってから彼女に電話していた――この事実は確認された。

肝腎《かんじん》なのは、とにかく気持ちをそらさないことだった。クインはだんだん、自分が元来の意図から切り離されたような気がしてきていた。無意味な営みに足をつっ込んでしまったのではないか、という疑念が湧《わ》きかけていた。もちろん、スティルマンが単に時機を窺《うかが》っているだけということもありうる。世間をだまして、すっかり油断させたところで、打って出ようとしているのかもしれない。だがそう考えるためには、見張られているのを本人が気づいていることが前提になる。それはたぶんあるまいと思えた。これまでのところ、クインはうまく務めを果たしている。老人からしかるべき距離を保ち、街の流れに溶け込んで、自分に注意を喚起することもなく、身を隠すために派手な手段に訴えたりもせずに済んでいる。その反面、見張られることをスティルマンがはじめから知っていて――ニューヨークに戻ってくる前からあらかじめ知っていて——見張り人が何者なのかわざわざ探ろうともしていないという可能性もある。どうせ尾行されると決まっているのなら、誰だっていいではないか？　一人の尾行者を特定したところで、また別の尾行者が出てくるだけの話だ。

後者のように考えてみると、気が楽だった。信じる根拠などないのに、クインはそう信じることに決めた。こっちが何をやっているのか、スティルマンは知っている、もしくは知らない、そのどちらかだ。そして知らないとすれば、クインはどこへも進んでおらず、時間を無駄にしていることになる。それより自分の進む一歩一歩が、すべて本当に何かの目的に適《かな》っていると考える方がずっといい。こう解釈するために、スティルマンに気づかれているという前提が必要であるのなら、クインとしてはその仮定を受け入れることに異存はなかった。少なくとも当面のあいだは。

さらに、老人を尾行しながら自分の思考をどう使うかという問題も残った。彷徨だったらクインも慣れている。これまでずっと街をさまよってきたおかげで、内と外が実はつながっていることを彼は肌で知っていた。あてのない運動を、いわば反転の技法として用いることによって、うまく行った日には外を内へ引き入れて、内の主権をつき崩すことができる。内を外のものであふれさせ、逆に自分を外へ追いやることによって、時おり湧いてくる絶望感に対してもささやかな制御力を行使できた。彷徨とは、したがって、頭を使わないことの一形態だった。だがスティルマンを尾行するのは彷徨ではなかった。スティルマンはいくらでも彷徨できる。盲人のようにあっちこっちよろよろ歩く自由が彼にはある。だがその特権はクインには与えられていない。スティルマンがやっていることに、たとえそれがほとんどゼロであっても、クインは集中せねばならないのだ。何度も何度も、思いは漂い出てしまい、じきに足もそれについて行ってしまった。そのため、うっかり歩みを速めてうしろからスティルマンにぶつかってしまう危険がつねにあった。こうした事態を未然に防ごうと、クインは歩みを遅くする手段をいくつも考え出した。まず一つ目は、お前はもはやダニエル・クインではないのだと自分に言い聞かせること。ポール・オースターとして一歩足を前に出すたびに、その変身が課す限定のなかに体をなじませようと努めた。オースターはクインにとって単なる名前であり、中身のない殻でしかない。オースターであるということは、内面のない人間、思いのない人間であるということだ。そしてもし、いかなる思いも自分には与えられていないのであって、自身の内なる生への経路がもはや断たれているのだとしたら、彼が退却できる場所はどこにもないことになる。オースターとしての自分は、いかなる記憶も不安も呼び起こせはしないし、いかなる夢も悦《よろこ》びも思い出せない。それらはすべて、オースターに関するものであるかぎり、クインにとって空白でしかないのだ。したがってクインは、ひたすら己の表層にとどまりつづけ、支えを外に求めねばならない。スティルマンに目を釘付けにすることは、ゆえに、自分の思考の流れからの単なる逸脱ではなかった。それだけが唯一《ゆいいつ》、クインが自分に許した思考そのものだったのである。

一日か二日は、この戦術もそこそこうまく行ったが、じきにオースターでさえも、あまりの単調さゆえに注意散漫になっていった。気を集中させておくためには、何かもっとほかのものが、尾行の供となってくれるささやかな仕事が必要だった。結局、救いとなってくれたのは赤いノートだった。最初の何日かのようにただ漫然とメモをとるのではなく、スティルマンに関して、可能なかぎりすべての細部を記録することにしたのである。聾唖者《ろうあしゃ》から買ったボールペンを使って、クインはこの作業に励んだ。スティルマンの身ぶりを書きとめ、彼が鞄に入れたもの入れなかったものを一つひとつ記述し、すべての出来事に関して正確に時間をたどっていくのみならず、細心の注意をもって、スティルマンがさまようルートを几帳面《きちょうめん》に記録し、どの道を通ったか、どこで曲がったか、どこでどう止まったか、逐一書きとめていった。忙しさを保ってくれるのに加えて、赤いノートは歩くペースを落とすのにも役立ってくれた。これでスティルマンに追いついてしまう危険もなくなった。逆に問題はむしろ、彼に遅れをとらないこと、彼が消えてしまわぬよう気をつけることになった。歩くことと書くことは、容易に両立できる行為ではない。過去五年、クインはそのどちらかに携わって日々を過ごしてきたわけだが、いまはそれを両方同時にやろうとしている。はじめのうちは、さんざん間違いを犯した。特にノートを見ずに書くのが厄介で、あとで見てみると、時には同じところに二行、三行を重ねて書いてしまい、ぐじゃぐじゃで判読不能の重ね書きが生じていた。とはいえ、ノートを見るには立ちどまらなくてはならず、立ちどまったらスティルマンを見失う危険が増してしまう。やがてクインは、要するにこれは姿勢の問題だと判断した。そこでノートを四十五度の角度で前方に掲げてみたが、左手首がじき疲れてしまった。次に、顔のすぐ前にノートを保ち、落書きのキルロイが生命を帯びたみたいに目だけノートの上に出してみたが、これも実践的ではなかった。その次は、ノートを右腕の、肱《ひじ》から十センチばかり上のところに立て、ノートの背を左の手のひらで支えてみた。だがこれでは書く方の手がひどく窮屈で、ページの下半分に書くのは不可能だった。結局、画家がパレットを持つ要領で、ノートを左の腰に当てることにした。これで事態はだいぶ改善された。ノートを持つことにはもはやそれほど力が要らず、右手はほかの役割に縛られることなくペンを持つことができた。このやり方にもそれなりの難はあったが、長い目で見ればこれが一番楽な方法と思えた。これでやっと、スティルマン、書くこと、その両者にほぼ均等に注意を払えるようになった。顔をちらっと上げて一方を見て、下げてもう一方に目をやる。対象を見ることと、それについて書くことを、滑らかにつながったひとつのしぐさで行なえるようになったのだ。右手に聾唖者のボールペンを持ち、左の腰に赤いノートをあてて、クインはさらに九日間、スティルマンの尾行を続けた。

ヴァージニア・スティルマンとの夜ごとの会話は、ごく簡潔だった。キスの記憶はいまだ鮮明に頭に残っていたが、ロマンチックな進展はそれ以上いっさいなかった。はじめのうちはクインも、何かが起きるのを期待していた。あれほど幸先《さいさき》よいスタートだったのだから、いずれスティルマン夫人を両腕にかき抱くことになるものと確信していた。ところが彼女は、いかにも雇用主然とビジネスの仮面の奥に引っこんでしまい、あのつかのまの情熱のこともまったく匂わせなかった。俺は根拠のない希望を抱いていたのだろうか、とクインは考えた。自分と、こういう状況からつねに何らかの益を得る男マックス・ワークとを、しばし混同してしまったのだろうか。それとも単に、クインが自分の孤独をいっそう切実に感じるようになってきたということかもしれない。もうずいぶん長いあいだ、温かい肉体が自分のかたわらにいない日々が続いてきたのだ。実のところクインは、ヴァージニア・スティルマンを見た瞬間から、キスが起きるずっと前から、彼女に対して欲望を抱きはじめていた。目下向こうからはいっこうに誘いをかけてこないことも、クインが彼女の裸体を想像しつづけることの妨げにはならなかった。毎晩淫《みだ》らな情景が頭のなかを練り歩き、それらが現実になる望みは薄いように思えたものの、快い気晴らしにはなってくれた。ずっとあとに、もう手遅れになってからずっとあとに、自分が胸の奥で騎士道めいた願望を育《はぐく》んでいたことをクインは悟ることになる。事件をものの見事に解決し、ピーター・スティルマンを危険から迅速かつ決定的に救い出すことで、スティルマン夫人の愛情をほしいままにできたら、そうひそかに願っていたのだ。もちろんそれは間違いだった。だがそれも、クインがはじめから終わりまで犯しつづけたさまざまな間違いのなかで、とりわけひどい間違いではなかった。

尾行をはじめてから十三日目だった。クインはその晩、意気消沈して帰宅した。落胆し、もう船を見捨てようかという気になっていた。自分を相手にあれこれゲームをやってきて、やる気を保つためにさまざまな物語をでっち上げてきたものの、事件には何の実体もないように思えた。スティルマンは気の狂った老人であり、息子のことなど忘れてしまったのだ。この世の終わりまで尾行を続けたところで、何も起きはしない。クインは受話器をとり上げ、スティルマン家のアパートメントの番号をダイヤルした。

「そろそろ店じまいにしようと思います」と彼はヴァージニア・スティルマンに言った。「これまでずっと見てきて、ピーターには何ら脅威はふりかかっていませんから」

「そう思わせておきたいだけよ」と相手は答えた。「あの男はものすごく狡猾《こうかつ》なのよ。それにすごく辛抱強いし」

「向こうは辛抱強いかもしれませんが、こっちはそうは行きません。あなただってお金を無駄にしていますよ。私も時間を無駄にしているし」

「あの男があなたを見ていないと確信できます？　見られたか見られなかったかで、ものすごく違ってくるわよ」

「命を賭《か》けるのは遠慮しますが、ええ、はい、確信できます」

「で、あなたのお考えは？」

「いっさい心配はない、と考えますね。少なくとも目下のところは。もし今後何かあったら連絡してください。少しでもまずいことになったら飛んでいきますから」

しばし間《ま》を置いてから、ヴァージニア・スティルマンが「まあそうかもしれないわね」と言った。そしてふたたび間を置いて、「でも私を安心させると思って、少しだけ妥協していただけないかしら」と言った。

「中身によりますね」

「これだけです。あともう何日か続けていただきたいの。念には念を入れて」

「ひとつ条件があります」とクインは言った。「私のやり方でやらせていただかないと。もう縛りはなしです。あの男と自由に話させていただきたい。あの男に質問して、一切合財はっきりさせたいんです」

「それって危険じゃないかしら？」

「心配は要りません。こっちの手の内は見せませんから。私が何者か、何が目当てなのか、見当もつけさせません」

「どうやってそんなことを？」

「それは私が考えます。やり方はいくらでもありますから。とにかくお任せいただければ」

「わかったわ、お願いします。まあやって損はないでしょうね」

「結構。ではあともう何日か続けます。そこでまた考えましょう」

「ミスター・オースター？」

「はい？」

「本当に感謝しています。この二週間、ピーターもすごく調子がいいんです。あなたのおかげです。一日中あなたのことばかり話しています。あなたはピーターにとって……何と言うか……英雄なんです」

「で、ミセス・スティルマンはどうお考えで？」

「ほとんど同じ考えですわ」

「それは嬉《うれ》しい。いずれ私にも、彼女に感謝できるような機会を与えていただければ」

「どんなことだって可能ですわ、ミスター・オースター。そのことは忘れないでね」

「もちろん。それを忘れるほど愚かじゃありません」


スクランブルエッグとトーストの軽い夕食をクインは作って、ビールを一本飲んでから、赤いノートを出して机に向かった。もうこれまで何日もこのノートに書き込み、不安定な、揺れる筆蹟《ひっせき》で何ページも埋めてきたが、まだ読み返す気にはなれずにいた。やっと終わりが見えてきたいま、このへんで一度覗《のぞ》いてみようと思ったのである。

大半は、特に最初の方は、ひどく読みづらかった。どうにか判読できても、苦労して読むに値する内容とは思えなかった。「ブロックの真ん中で鉛筆を拾う。吟味し、ためらい、鞄《かばん》に入れる（……）デリでサンドイッチを買う（……）公園のベンチに座って赤いノートを読む」。どの文もまったく無価値に思えた。

すべては方法の問題だった。スティルマンを理解し、次に何をするかわかるようになるくらい彼を知るのが目的なのであれば、これは失敗だったことになる。まずは、限られた事実から出発した。スティルマンの素性と職業、息子の幽閉、逮捕と病院収容、いまだ正気だったとされる時期に書いた奇怪な学術書、そして何より、スティルマンが息子に危害を及ぼそうとするにちがいないというヴァージニア・スティルマンの確信。だが過去の事実は、現在の事実と何のつながりもないように思えた。クインはひどくがっかりした。彼はかねがね、細部を綿密に観察することこそ優れた探偵仕事の鍵《かぎ》だと思っていた。精緻《せいち》に観察すればするほど、成果もあがる。その前提には、人間の行動は理解しうるものだという信念、しぐさやちょっとした癖や沈黙から成る莫大《ばくだい》な表面の下には何らかの一貫性が、秩序が、動機の源がひそんでいるはずだという信念があった。だが、そうやって表面に現われたものをすべて取り込もうと頑張ってきたにもかかわらず、尾行をはじめたときと較《くら》べて少しもスティルマンに近づいた気にはなれなかった。スティルマンの生を生き、スティルマンのペースで歩き、スティルマンが見たものを見てきたのに、いま感じているのは、スティルマンの計り知れなさだった。スティルマンとのあいだの距離が狭まるどころか、いまだすぐ前にいるのに、彼が自分からすり抜けていくのを目《ま》のあたりにしている思いだった。

自覚しているいかなる理由もなしに、クインは赤いノートの新しいページを開いて、スティルマンが徘徊《はいかい》した区域の簡単な地図を描いてみた。

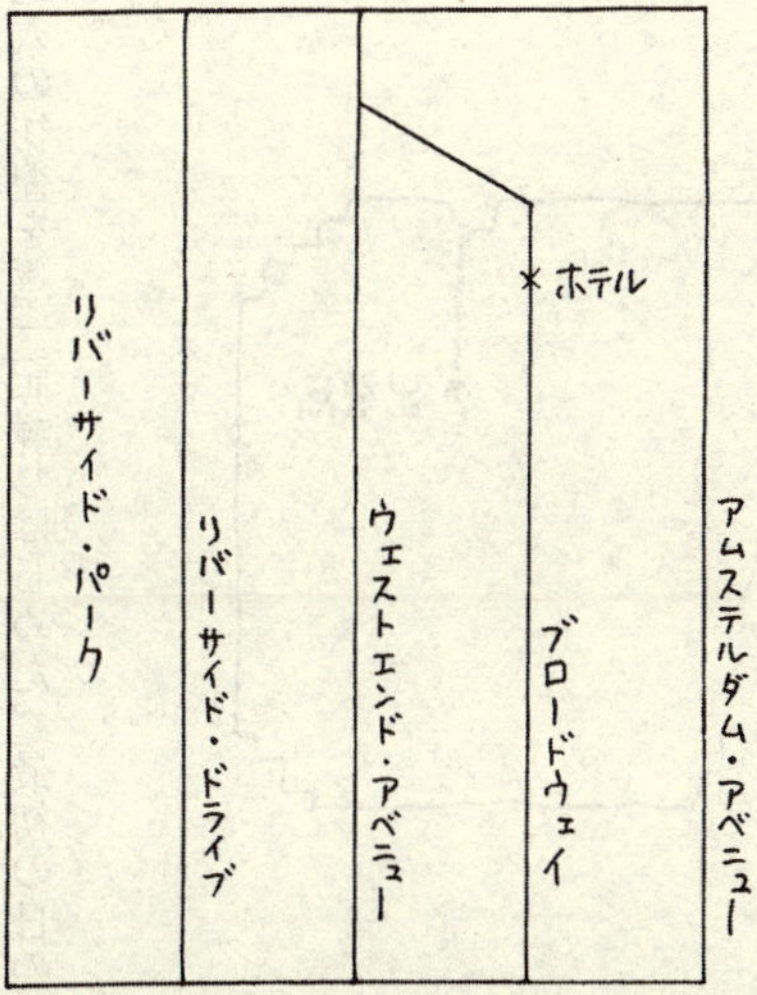

それから、メモをじっくり見ながら、スティルマンがある一日で為《な》した動きをペンでたどってみた。老人の彷徨《ほうこう》を逐一記録しはじめた、最初の日の動きである。結果はこうだった――

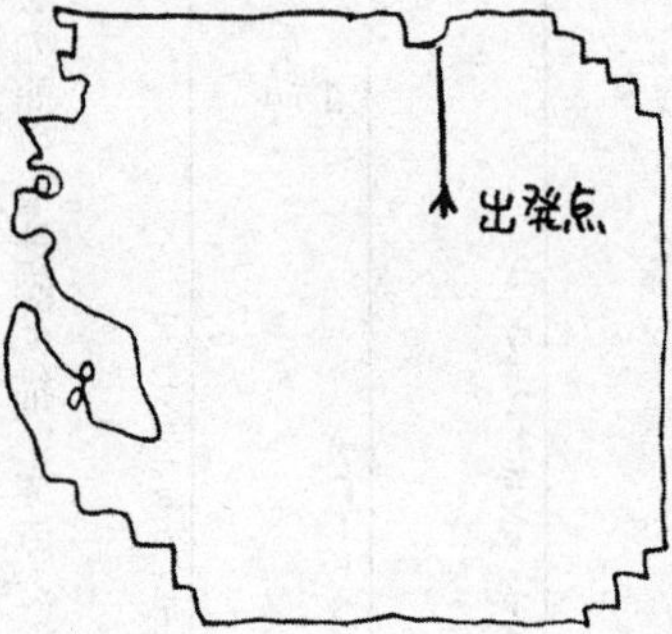

スティルマンが一貫して区域の縁をたどり、中心には一度も近寄っていないことがクインの目を惹《ひ》いた。その図はアメリカ中西部の架空の州の地図を思わせた。出発点

からブロードウェイを十一ブロック上がっていった線と、リバーサイド・パークをくねくね歩いた渦巻を別とすれば、図はほぼ長方形である。その反面、ニューヨークの街路が四分円の構造を成していることを考えれば、ゼロか、アルファベットの「O」にとれないこともない。

翌日はどうなるか見てみることにした。結果はまったく違っていた。

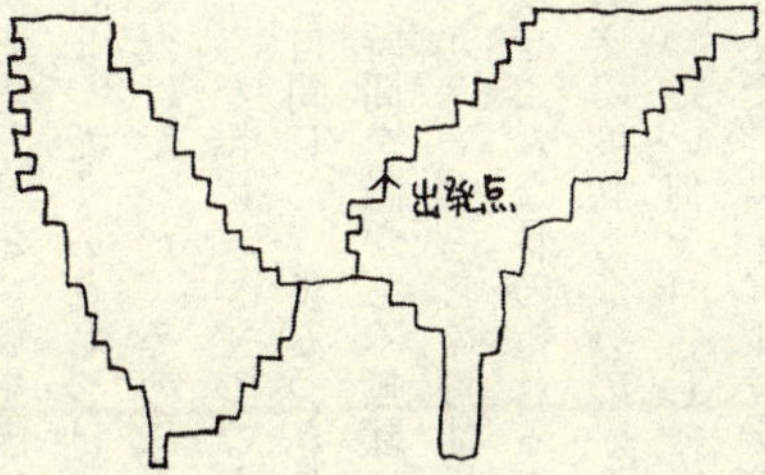

こちらは鳥を、それも猛禽《もうきん》を思わせる。翼を広げた鳥が、空高くに漂っている。だが次の瞬間、そんな読み方はまったくのこじつけに思えた。鳥は姿を消し、代わりに、二つの抽象的な形が現われただけだった。その二つが、スティルマンが八三丁目を西へ歩いたことで形成された小さな橋によってつながっている。いったい俺は何をやってるんだ、とクインはしばし自問した。まるっきりのナンセンスを書き殴っているのか？　耄碌《もうろく》したみたいに晩の時間を愚かしく無駄にしているのか、それとも本気で何かを探り出そうとしているのか？　どちらの可能性も耐えがたかった。もしただ時間をつぶしているだけなら、なぜこんな骨の折れるやり方を選ぶ？　俺はもう頭がぐじゃぐじゃになって、真剣に考える度胸もないのか？　その反面、単なる気晴らしにふけっているのでないなら、いったい何を目ざしているのか？　自分が何かしるしを探しているようにクインには思えた。スティルマンの動きが生んだ混沌《こんとん》を引っかき回して、何らかの論理性を垣間見《かいまみ》ようとしているのだ。その含意はひとつしかない。すなわちクインはいまも、スティルマンの行動がまったくのでたらめだとは信じられずにいる。そこに何らかの意味が、いかに曖昧模糊《あいまいもこ》としたものであれ意味があることをクインは望んでいる。これもやはり、それ自体耐えがたいことだった。自分が事実を事実と知りながらそれを否定していることになりかねないからであり、クイン自身十分に承知しているとおり、それは探偵のふるまいとして最悪というほかないのだ。

それでもなお、とにかく先を続けてみることにした。まだ時間は早く、十一時にもなっていない。やってみたところで害はあるまい。三つ目の地図もまた、これまでの二つとはまるで似ていなかった。

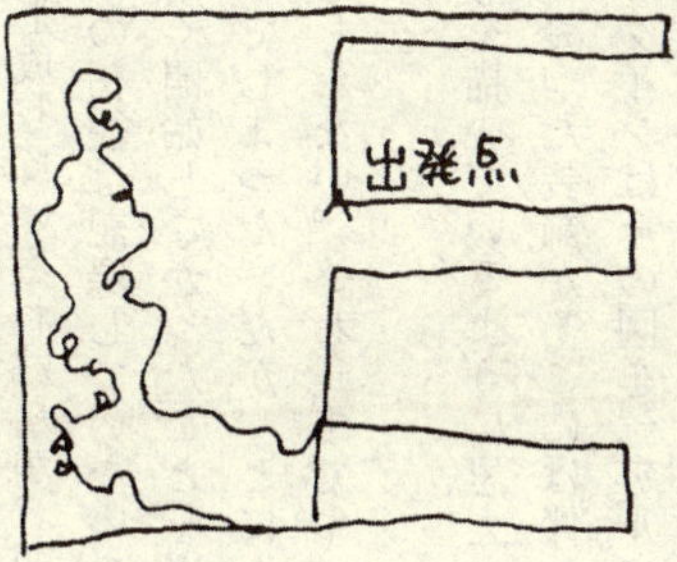

もはや疑問の余地はないように思えた。公園でのくねくねを無視すれば、どう見て

も「E」の字である。最初の図が本当に「O」の字を表わしていると仮定すれば、二つ目の鳥の翼は「W」だと考えてさしつかえあるまい。もちろんO-W-Eですでに「借りがある」という単語を形成しているわけだが、即断は避けるべきだろう。五日目になるまで、スティルマンの彷徨は記録していないのだから、最初の四文字は何でもありうる。記録をもっと早く開始しなかったことをクインは悔やんだ。はじめの四日間の神秘は、いまや失われてしまった。だが、とにかく先を見てみることで、ひょっとしたら過去が補えるかもしれない。終わりまでやってみれば、はじまりが推測できるかもしれない。

翌日の図は「R」に似た形を描いているように思えた。ほかの図同様、さまざまな逸脱、近似、そして公園での凝った装飾がそこには伴っていた。客観性のごときものをなおそれなりに保とうと、クインはその図を、アルファベットなど予想していなかったつもりになって見てみた。すると、確かなことは何もないと認めざるをえなかった。まったくの無意味ということも大いにありうる。子供のころのように、雲のなかに絵を探しているだけかもしれない。とはいえ、たまたまにしてはさすがに続きすぎないか。一つの地図が字に似ているだけだったら、あるいは二つ似ていたとしても、偶然の産物と片付けたかもしれない。だが四つ連続となると、やはりそれでは済まないのではないか。

次の日は一方に傾いた「O」が得られた。ドーナツの一方がつぶれて、もう一方からぎざぎざの線が三、四本飛び出しているという感じ。その次は小綺麗《こぎれい》な「F」が現われ、端にはお決まりのロココ風装飾までちゃんとついていた。その次は二つの箱をぞんざいに積み重ねたような「B」で、縁からはパッキングのおが屑《くず》がはみ出している。次は梯子《はしご》に似ていなくもないぐらぐらの「A」、両側にはちゃんと踏み段もできていた。そして最後は、もう一度「B」。危なっかしく斜めに傾《かし》いで、ピラミッドをひっくり返したみたいにただ一点で支えられている。

それらの文字を、クインは順番に書き出してみた。OWEROFBAB。十五分間、入れ替えたり引き離したり並べ直したり、あれこれいじくり回した末に、結局はじめの順番に戻って、こう書いた――OWER OF BAB。あまりにも醜悪な解答に思えて、クインはひるんでしまいそうになった。最初の四日間を逃してしまったという事実、スティルマンの彷徨がまだ終わっていないという事実を考慮に入れるとしても、答えは不可避に思えた。THE TOWER OF BABEL。

クインはとっさに、ポーの『アーサー・ゴードン・ピム』の結末の、地の裂け目の内壁に奇妙な象形文字が見つかる箇所を思い浮かべた。大地それ自体に刻まれた、もはや理解しえなくなった何かを伝えているかのように思えるあの文字。だが考えてみれば、これは比較として不適だ。スティルマンはどこにもメッセージを残しているわけではない。たしかに、歩行によって文字をつくり出してはいるが、字を書き残しているわけではないのだ。指で宙に絵を描くようなものである。描いたはしから消えていく。為したことをとどめる、いかなる結果も痕跡《こんせき》もありはしない。とはいえ、絵はたしかに存在している。街路自体にはなくても、クインの赤いノートのなかに。スティルマンは毎晩部屋で机に向かって、翌日のルートを練るのだろうか。それともその場その場で即興で進んでいるのか。知りようはない。クインはまた、この文字を書くことがスティルマンの頭のなかでどんな目的に適《かな》っているのだろうと考えた。単なる自分用のメモなのか、それとも他人へのメッセージのつもりか？　何はともあれ、スティルマンがヘンリー・ダークを忘れていないことだけは確かだ。

パニックに陥りたくはなかった。自分を抑制しようと、すべてを最悪の観点から思い描いてみた。最悪のものに向きあってみれば、事態は思ったほどひどくはないと実感できるかもしれない。そこで、最悪の可能性を次のように分解してみた。（1）スティルマンはピーターに対し、事実何かを企《たくら》んでいる。対応――もともとそれが前提だった。（2）自分が尾行されること、自分の動きが記録されること、自分のメッセージが解読されることをスティルマンはあらかじめ知っていた。対応――それでもピーターを護《まも》らねばならぬという根本的事実は変わらない。（３）スティルマンは予想していたよりはるかに危険な人物である。対応――だからといって、阻止できないということにはならない。

これでいくらか足しにはなったが、現われた文字をおぞましく思う気持ちは消えなかった。何もかもがあまりに不透明であり、忌《い》まわしいほどまわりくどい。こんなものは認めたくないという思いが残った。やがて、呼び出しに応じたかのように疑念が訪れ、単調なあざけりの声でクインの頭を満たした。これはみんな俺の勝手な想像なのだ。文字は全然文字なんかじゃないのだ。文字が見えたのは俺が文字を見たいと思ったからにすぎない。もし一連の地図が文字を形成しているとしても、単なるまぐれ当たりでしかない。スティルマンは全然関係ない。すべては偶然であり、俺が自分自身に対して仕掛けた悪戯《いたずら》なのだ。

もう寝ることにしたが、眠りは切れぎれにしかやって来なかった。やがて目が覚めて、三十分間赤いノートに書き込んでからまたベッドに戻った。眠りに落ちる直前に頭にあったのは、たぶんあと二日だ、という思いだった。スティルマンはまだメッセージを完成させていない。最後の二文字が残っている。「Ｅ」と「Ｌ」。クインの心はばらばらに散っていった。さまざまな断片から成るどこにもない国、言葉のない物と物のない言葉から成る場所へクインは赴いた。やがて、ぼうっとした頭のなかで何とかもう一度、ＥＬとは古代ヘブライ語で神を表わす言葉だと自分に告げた。

のちに忘れてしまうことになる夢のなか、クインは子供のころ知っていた町のゴミ捨て場でゴミの山を漁《あさ》っていた。

9

スティルマンとの初めての対面はリバーサイド・パークで生じた。午後なかば、自転車や、犬を散歩させる人、子供たちが行き交う土曜日だった。スティルマンはベンチに一人で座って、小さな赤いノートを膝《ひざ》に置き、何を見るともなくぼんやり前を見ていた。そこらじゅうに光があふれていた。目が捉《とら》えるもの一つひとつから、とてつもない光が外へ向けて放たれているように思えた。頭の上、木々の枝では風がたえずそよいで、サラサラ熱っぽく葉を揺すり、波のように上下に規則正しく息づいていた。

どう動くか、あらかじめ丹念に策は練ってあった。クインはスティルマンに気づかないふりをしてベンチの隣に座り、腕組みをして、老人と同じ方向に目を向けた。二人とも何も言わなかった。あとでクインが計算したところによれば、これが十五分か二十分続いた。それから、出し抜けに老人の方に顔を向けて、まっすぐ相手を見据え、皺《しわ》の寄ったその横顔に視線を釘付《くぎづ》けにした。あたかもその熱でスティルマンの頭蓋《ずがい》に穴でも開けようとするみたいに、ありったけの力を目に集中させた。この凝視が五分続いた。

やっとのことで、スティルマンがこっちを向いた。そして驚くほど優しいテノールの声で、「申し訳ないが、あなたと話すわけには行かんのです」と言った。

「私は何も言っていませんよ」とクインは言った。

「それはそうだ」とスティルマンは言った。「だがご理解いただきたい、私は見知らぬ他人と話す習慣はないのです」

「もう一度言います。私は何も言っていません」

「ええ、それはさっき聞こえました。ですがあなた、なぜなのか訳を知りたくないんですか？」

「いえ、べつに」

「結構。分別ある方とお見受けしました」

クインは肩をすくめ、反応を返すことを拒んだ。いまや体全体から無関心を発散させていた。

これに対して、スティルマンは晴ればれとした笑顔を浮かべ、クインの方に身を乗り出して、共謀者めいた声で「私ら、うまくやって行けそうですな」と言った。

「まだわかりませんよ」とクインは、長い間《ま》を置いてから言った。

スティルマンは笑い声を上げ――短い、よく響く「ハッハ」という笑い――それからまた言った。「見知らぬ他人そのものが嫌というわけじゃないのです。自分から名のらない人間とは話したくないというだけです。ことをはじめるには、名前がなくてはならんのです」

「しかしいったん名を名のったら、もう見知らぬ他人ではないでしょう」

「そのとおり。だから見知らぬ他人とは話さんのです」

名前に関してはクインも想定していて、言うべき答えは考えてあった。尻尾《しっぽ》をつかまれる気はない。名目上いまはポール・オースターなのだから、護《まも》るべき名もそれである。ほかは何を言おうと、たとえ真実を言おうとも、捏造《ねつぞう》でしかない。そのうしろに隠れてオースターを安全に保つための仮面でしかないのだ。

「そういうことでしたら」とクインは言った。「喜んで申し上げます。クインといいます」

「ほぉ」とスティルマンは、首を縦に振りながら考え深げに言った。「クインですか」

「そうです。クイン。Q-U-I-N-Nです」

「なるほど。ふむふむ、なるほど。クイン。むむ。うん。実に興味深い。クイン。実にいろんな響きを伴う言葉だ。双子《トゥイン》と韻を踏むわけですな？」

「そのとおり。双子と韻を踏みます」

「そして、私が間違っていなければ、罪《シン》とも」

「間違っていません」

「それにまた、N一つの中に《イン》や、N二つの宿屋《イン》とも。そうですな？」

「そのとおりです」

「むむ。実に興味深い。この言葉、いろんな可能性が見えますな。このクインという言葉、この……本質《クイディティ》の精髄《クインテッセンス》。たとえば、すばやい《クィック》。そして羽ペン《クウィル》。それにガーガー鳴く《クワック》。それに奇癖《クワーク》。むむ。ニタリ笑い《グリン》と韻を踏む。当然、血縁《キン》とも。むむ。実に興味深い。そして勝つ《ウィン》。それと鰭《フィン》。それと騒音《ディン》。それとジン。それとピン。それと錫《ティン》。それとゴミ容器《ビン》。むむ。魔神《ジン》とすら韻を踏む。言い方次第ではbeenとも。むむ。実に興味深い。あなたのお名前、いたく気に入りましたぞ、ミスター・クイン。一度に実にさまざまな方向へ飛んでいく名です」

「ええ、そのことには私も、たびたび思いあたってきました」

「たいていの人はそういうことに注意を払わんものです。言葉というものを、石か何かみたいに考えるんです。動かしようのない、やたら大きいだけの、命なき物体として、絶対不変の単子《モナド》として」

「石だって変わりえます。風や水によってすり減ります。腐食することもある。砕くこともできる。砕いてかけらや砂利や埃《ほこり》に変えられます」

「そのとおり。すぐにわかりますぞ、あなたが分別あるお方だと、ミスター・クイン。私がこれまでどれだけ大勢に誤解されてきたか、おわかりいただけたら。私の仕事もそのせいで害を被《こうむ》ったのです。甚だしい害を」

「あなたのお仕事？」

「そう、仕事です。私の事業、調査、実験です」

「ほう」

「そうです。だが、障害は多々あったものの、くじけたことはありませんぞ。たとえば現在も、これまでで最重要の部類に属す作業に取り組んでおります。順調に行ったあかつきには、一連の大きな発見への鍵《かぎ》を手にすることになるはずです」

「鍵？」

「そう、鍵です。錠のかかったドアを開ける品です」

「なるほど」

「もちろん、目下のところはデータを収集しているのみです。いわば証拠集めですな。

いずれは調査結果を統合しないといけません。非常な労力を要する仕事です。特に私のような歳《とし》の人間にはどれだけ大変か、容易にはおわかりになりますまい」

「想像はできます」

「そうですな。とにかく為《な》すべきことは実にたくさんあり、それを為すための時間はごくわずかしかありません。毎朝、夜明けとともに起床します。どんな天気でも外に出て、つねに動き、歩き回り、場所から場所へと移り進まねばなりません。体にはこたえますよ、本当に」

「でもそれだけの価値はある」

「真理のためなら何だって惜しくありません。いかなる犠牲も大きすぎるということはない」

「そうでしょうとも」

「いいですか、私が理解したことを理解した人間はこれまで一人もおらんのです。私が初めてです。私一人なのです。したがって責任は誠に重大です」

「世界があなたの双肩《そうけん》にかかっている」

「ええ、言うなれば。世界が、あるいは世界のうちどうにか残っているものが、と言うべきか」

「気づきませんでしたね、そこまでひどくなっているとは」

「そこまでひどくなっているのです。あるいはもっとひどいかも」

「ふうむ」

「いいですかあなた、世界はバラバラになってしまっているのです。それを元に戻すのが私の役目なのです」

「ずいぶん大事《おおごと》を請け負われたんですね」

「承知はしています。ですが私はあくまで、原理を探しているだけです。それでしたら一人の人間がなしうる範囲内のはずです。私が土台を据えられさえすれば、修復の作業自体は誰にでもできます。肝腎《かんじん》なのは前提です、理論上の第一歩です。あいにくそれができる人間はほかにおりません」

「もうずいぶん進んだのですか？」

「大いに前進しましたとも。実際、いまにも画期的な進展が起きるのではないかと思っていますよ」

「そう伺って心強いですよ」

「ええ、自分でも励みになります。それもすべてわが賢明さの賜物《たまもの》、目もくらむほど明晰《めいせき》なる精神のおかげなのです」

「きっとそうでしょうね」

「いいですか、私はですね、仕事の枠を限定する必要を悟ったのです。すべての結果が決定的なものとなるよう、十分小さな領域のなかで作業を進めることが肝要なのです」

「前提の前提ですね、言わば」

「まったくそのとおり。原理の原理、作業の根本です。いいですかあなた、世界はバラバラになっています。人間は目的意識を失ったばかりか、目的を語るための言語も失ってしまった。これはむろん精神的な事柄ですが、物質世界にもその対応物があるのです。私の天才は、対象を物質に、手にとれる身近なものに限ったことです。動機は高尚ですが、仕事は日常の領域において為されるのです。しじゅう誤解されるのもそのせいです。だがそんなことはどうでもよろしい。近ごろはもう気にしなくなりました」

「立派な態度ですね」

「唯一《ゆいいつ》可能な態度です。私ほどの人間にふさわしい唯一の反応です。いいですか、私は目下、新しい言語を発明している最中なのです。そのような仕事を抱えている身として、他人の愚かしさなどにかまけていられません。いずれにせよ、それもみな、まさに私が治さんとしている病の一環なのですから」

「新しい言語、ですか？」

「さよう。人間が語るべきことを、ついに語ってくれる言語です。私たちの言葉はもはや世界に対応していません。物たちがまだ損なわれていなかったころは、言葉によって物たちを言い表わせるものと人間も自信を持っていました。ところが少しずつ、物は壊れ、砕け、崩壊して混沌《こんとん》へ墜《お》ちていきました。にもかかわらず、私たちの言葉は以前と変わっていません。新しい現実に適応していないのです。したがって、目で見たものを語ろうとするたび、人は誤った言葉を話しているのであり、言い表わさんとする物を歪《ゆが》めてしまっているのです。そのせいで何もかもが滅茶苦茶《めちゃくちゃ》になっています。ところが言葉というものは、あなたもご承知のとおり、変わりうるものです。問題はそのことをどうやって示すかです。可能なかぎりもっとも単純な方法で私が仕事を進めているのもそのためです。子供でもすぐわかるくらい簡単なやり方です。何か物を指し示す言葉を考えてみてください。たとえば『傘』。私が『傘』という言葉を口にすれば、あなたの頭のなかにその物が見えるわけです。ある種の棒のてっぺんに、折りたたみ可能な金属のスポークがついていて、防水素材を支える骨組を形成しており、これを開くと人を雨から護ってくれる。最後の一点が重要です。傘は一個の物体であるにとどまらず、ひとつの機能を果たす物なのであって、言いかえれば人間の意志を表わしているわけです。少し考えてみれば、何らかの機能を満たすという点において、すべての物品は傘と同様であることがわかります。鉛筆は書くためにあり、靴は履くために、車は運転するためにある。さて、私の問いはこうです。物がもはや機能を果たさなくなったらどうなるのか？　それは依然同じ物なのか、それとも別の何かなのか？　傘から布を引きちぎっても、傘は依然として傘か？　スポークを開いて、頭上にかざし、雨のなかに出ていけば、びしょ濡《ぬ》れになる。それでもこの物体を傘と呼びつづけることは可能でしょうか？　概して、人はそうします。せいぜい、この傘は壊れている、と言うだけでしょう。私に言わせればこれは重大な誤りです。これこそあらゆる問題の根源なのです。もはやその機能を果たせないのですから、傘は傘であることをやめたのです。傘に似てはいるかもしれないし、かつては傘であったかもしれないが、いまは別の何かに変わったのです。にもかかわらず、言葉は変わらぬままです。したがってそれは、もはや物を表わすことはできません。不正確であり、間違いであり、それがあらわにすべき物を逆に隠してしまいます。そして、そもそもこうしたありきたりな、日々当たり前のように手にする物さえきちんと名指せないのなら、どうして人間にとって真に大切な事柄を話すことができるでしょう？　日々使う言葉のなかに、変化という発想を組み込んでいかなければ、人類は今後も失われたままでしょう」

「で、あなたのお仕事は？」

「私の仕事はきわめて単純です。私がニューヨークに来たのは、ここがどこよりもみじめな、どこよりも浅ましい場所だからです。街じゅういたるところ崩壊に満ち、無秩序が普遍化している。目を開けさえすればそれが見えます。壊れた人たち、壊れた物たち、壊れた思い。街全体が大きなゴミの山です。私の目的にはぴったりです。街路は無限の素材源、粉々になった物たちの無尽蔵の宝庫なのです。来る日も来る日も私は鞄《かばん》を携えて出かけ、調査に値すると思える物を集めて回ります。いままでは集まったサンプルも何百にのぼります——欠けたものから砕けたものまで、凹《へこ》んだものから潰《つぶ》れたものまで、粉々になったものから腐敗したものまで」

「そういう物たちをどうなさるんです？」

「それらに名前をつけるのです」

「名前？」

「物に対応する新しい言葉を私は発明するのです」

「ふうむ。なるほどね。ですがどうやって決めるんです？　正しい言葉が見つかったかどうか、どうやってわかるんです？」

「私は絶対に間違いません。それが私の天才の特性なのです」

「例をひとつ挙げてもらえますか？」

「私の作る言葉ですか？」

「はい」

「申し訳ないが、それはできません。秘密なのです。私が本を出版したあかつきには、あなたをはじめ世界中が知ることになるでしょう。ですがいまのところは、私一人の秘密にしておかねばならんのです」

「機密情報ですか」

「そのとおり。最高機密です」

「それは残念」

「がっかりなさるには及びません。調査結果をまとめ上げるまで、もうそれほどかからないはずです。ひとたびまとまったら、素晴らしいことが次々起きるでしょう。人類史上、何より重要な事件となるはずです」

二回目の対面は翌朝の九時少し過ぎに生じた。その日は日曜で、スティルマンもいつもより一時間遅くホテルから出てきた。いつも朝食をとるメイフラワー・カフェまで、二ブロックの道を歩いていって、奥の隅のブースに腰を下ろした。クインも昨日より大胆になって、食堂のなかまでスティルマンについて行き、同じブースの、真向かいの席に座った。一分かそこら、スティルマンは彼がいることに気づかない様子だった。やがて、メニューから顔を上げ、放心したような表情でクインの顔をしげしげと眺めた。どうやら、昨日会った人物だともわからずにいるようだった。

「前にどこかでお会いしましたかな？」とスティルマンは訊《たず》ねた。

「それはないと思います」とクインは言った。「私、ヘンリー・ダークと申します」

「ほほう」とスティルマンはうなずいた。「本質からはじめるお方ですな。気に入った」

「柴《しば》を遠回しに叩《たた》く人間じゃありませんから」とクインは言った。

「柴？　どの柴の話ですかな？」

「聖書でいう燃え尽きぬ柴ですよ、もちろん」

「ああ、なるほど。燃え尽きぬ柴ですな。それはそうだ」。スティルマンはクインの顔を見た。さっきより少しは焦点が定まっている様子だったが、ある種のとまどいもそこには加わったようだった。「申し訳ないが、お名前が思い出せんのです」とスティルマンはふたたび口を開いた。「たしかいましがた教えていただいたと思うのですが、どうも忘れてしまったようでして」

「ヘンリー・ダークです」とクインは言った。

「そうでした。ええ、思い出しましたよ。ヘンリー・ダーク」。スティルマンは長い間《ま》を置いて、それから首を横に振った。「あいにくですが、それはありえませんな」

「どうしてです？」

「ヘンリー・ダークなどという人間は存在しないからです」

「どうでしょうね、別のヘンリー・ダークだということはあるんじゃないですか。存在しない方のヘンリー・ダークではなく」

「むむ。うん、おっしゃることはわかります。たしかに、二人の人間が同じ名前を持っていたりしますからな。あなたのお名前がヘンリー・ダークだということも大いにありえます。でもあなたはあのヘンリー・ダークではない」

「その方、お知りあいですか？」

愉快な冗談を聞いたかのように、スティルマンは声を上げて笑った。「というのとはちょっと違います」と彼は言った。「いいですか、ヘンリー・ダークなんていう人物ははじめからどこにもいなかったのです。私がでっち上げたんです。架空の人物なのです」

「まさか」とクインは、信じられないという顔を装《よそお》って言った。

「本当です。むかし私が書いた本のなかの人物です。虚構です」

「信じがたいですね」

「ほかの人はみんな信じましたよ。見事に引っかかったんです」

「驚いたな。何でそんなことをなさったんです？」

「彼が必要だったんですよ。私は当時としてはあまりに危険な、あまりに物議をかもす考えを持っていました。そこで、誰か他人の思想だということにしたのです。自分を護《まも》る手段だったのです」

「ヘンリー・ダークという名はどうやって決めたんです？」

「いい名前だと思いませんか？　私としては非常に気に入っています。謎《なぞ》に満ちていて、同時に端正でもある。私の目的にはぴったりの名です。それに、隠れた意味もありますし」

「闇《やみ》をほのめかしている、ということですか？」

「いえいえ、そんな見えすいた話ではありません。イニシャルですよ、H・Dという。これは大変重要です」

「というと？」

「ご自分で考えたくないんですか？」

「いえ、べつに」

「まあそう言わずに。三つ推量してごらんなさい。それでも当たらなかったらお教えしましょう」

クインは一瞬間《ま》をとって、懸命に考えているふりをした。「H・Dですね」と彼は言った。「ヘンリー・デイヴィッドかな？ ヘンリー・デイヴィッド・ソロー」

「かすってもいません」

「じゃあH・Dそのままというのは？ 詩人のヒルダ・ドゥーリトルはH・Dと名のっていましたよね」

「もっと外れてます」

「よし、あと一回ですね。H・D。H……D……ちょっと待ってください……それってつまり……ちょっと待ってくださいよ……そうか……うん、わかったぞ。Hは泣く哲学者ヘラクレイトス……そしてDは笑う哲学者デモクリトス。ヘラクレイトスとデモクリトス……世界の捉《とら》え方の両極です」

「実に独創的な答えだ」

「当たりですか?」

「いいえ、もちろん違います。だが独創的であることに変わりはない」

「私、それなりに頑張りましたよね」

「ええ、そうですとも。だからごほうびに正解を教えてさし上げましょう。十分頑張ったから。さあ、いいですか？」

「どうぞ」

「ヘンリー・ダークのイニシャルH・Dは、ハンプティ・ダンプティを指しているのです」

「誰ですって？」

「ハンプティ・ダンプティ。おわかりでしょう。卵の」

「あの『ハンプティ・ダンプティ、へいにすわった』の？」

「そのとおり」

「わかりませんね」

「ハンプティ・ダンプティ、人間の置かれた状況のもっとも純粋な具現化です。いいですかあなた、よくお聞きください。卵とは何でしょう？　いまだ生まれざるものです。これはパラドックスではないでしょうか？　いまだ生まれざるなら、どうしてハンプティ・ダンプティは生きていられましょう？　にもかかわらず、彼は生きています、間違いなく。そのことがわかるのは、彼が言葉を喋《しゃべ》るからです。それ以上に、彼は言語の哲学者です。『私が言葉を使うときは――とハンプティ・ダンプティは、いささか蔑《さげす》むような口調で言いました――私がそれに持たせたいとおりの意味を言葉は持つのであって、それ以上でもそれ以下でもないのだ。問題は――とアリスが言いました――言葉にそんなにたくさん意味を持たせることができるかどうかってことよね。問題は――とハンプティ・ダンプティは言いました――どっちが主人かってこと、それだけさ』」

「ルイス・キャロル」

「『鏡の国のアリス』第六章」

「面白い」

「面白いでは済みませんぞ、あなた。決定的に重要なのです。よくお聞きください、あなたにもためになる話ですぞ。アリスに向けて行なったささやかな演説において、ハンプティ・ダンプティは未来における人間の希望を描き出し、人類救済への鍵《かぎ》を指し示しているのです。すなわち、人間が人間の語る言葉の主人となること、言語をして人間の必要を叶《かな》えせしめること。ハンプティ・ダンプティは予言者だったのです。

真実を語った、世界がまだ受け入れる用意のできていなかった人物なのです」

「人物？」

「失礼。口が滑りました。卵ですな。だがこの言い違いは、真実を衝《つ》いた、私の論を支えてくれる誤りと言うべきでしょうな。言うなれば人はみな卵だからです。私たちは生きて存在していますが、己の運命たる次元にはまだ到達していません。我々は純粋な可能態であって、いまだ訪れざるものの一例にほかなりません。なぜなら人は墜《お》ちた存在だからです。創世記にあるとおりです。ハンプティ・ダンプティもやはり墜ちた存在です。塀から墜ちて、誰も彼を元どおりにできない。王さまも、王の馬たちも兵たちも。ですがそれこそまさに、人がいまみな努めるべきことなのです。それが人間としての私たちの義務です。卵を元どおりにすること。なぜならあなた、人間一人ひとりがハンプティ・ダンプティだからです。彼を助けることは私たち自身を助けることなのです」

「説得力ある論だ」

「反論のしようはないはずです」

「何のひびもない卵」

「いかにも」

「そして同時に、ヘンリー・ダークの起源でもあると」

「ええ。ですがそれだけではないのです。実のところ、もうひとつ卵があるのです」

「一個だけじゃないんですか？」

「めっそうもない。何百万とありますとも。ですが私の頭にあるのは、とりわけ有名なやつです。たぶん世界で一番有名な卵でしょうな」

「だんだんわからなくなってきました」

「コロンブスの卵ですよ」

「ああ、そうか。そうですよね」

「話はご存知で？」

「知らない人間はいませんよ」

「いい話じゃありませんか？ 卵をどうやって立てるかという問題に直面して、彼はただ単に底を軽く叩き、手を放しても卵が倒れない平べったさが生じる程度に殻を割った」

「それがうまく行った」

「もちろんうまく行きました。コロンブスは天才でした。楽園を探して、新大陸を発見した。いまからでも遅くはありません、新大陸が楽園になるのは」

「そうでしょうとも」

「いままでのところ、成果が芳《かんば》しくないことは認めます。ですがまだ望みはある。新しい世界を発見したいという欲求を、アメリカ人はいまだ失っていないのです。覚えていらっしゃいますか、一九六九年に何があったか？」

「いろんなことを覚えていますよ。どの出来事をお考えです？」

「人類が月を歩いた。考えてみてください、あなた。人類が月を歩いたんです！」

「ええ、覚えていますよ。大統領によれば、天地創造以来最大の偉業、でしたよね」

「そのとおりですとも。あの男が口にした唯一《ゆいいつ》まっとうな科白《せりふ》です。で、月とはどういう姿をしていると思われます？」

「さっぱりわかりませんね」

「さあさあ、また考えてごらんなさい」

「ああそうか。なるほどわかりましたよ、何のお話か」

「たしかに、そっくりとは言えません。とはいえ、いくつかの相においては、特に晴れた晩など、月は卵にきわめてよく似ているのです」

「ええ。きわめてよく似ている」

その瞬間、ウェートレスがスティルマンの朝食を持って現われ、目の前のテーブルに置いた。老人は嬉々《きき》とした目を食べ物に向けた。そして右手で上品にナイフを持ち上げ、半熟卵の殻を割って、「おわかりのとおり、私は何ひとつおろそかにしておらんのです」と言った。

三度目の会合は同じ日の午後に生じた。もう夕方も近く、光はガーゼのように煉瓦《れんが》や木の葉を照らし、影も長くなってきていた。スティルマンは例によってリバーサイド・パークに退き、今日はその端の方、八四丁目にある、マウント・トムの名で知られるごつごつの岩の上で休憩をとった。ほかならぬこの場所で、一八四三年と四四年の夏、エドガー・アラン・ポーはハドソン川を眺めて何時間も過ごした。クインがそのことを知っていたのは、日ごろからその手の事実を知るよう努めていたからである。それに自分でも、よくここへ来て腰を下ろしていた。

もういまでは、不安もほとんど消えていた。クインは岩の周りを二、三度回ったが、スティルマンの注意を惹《ひ》くことはできなかった。そこで老人の隣に腰を下ろして、こんにちは、と言った。信じがたいことに、スティルマンは彼が誰だか認識しなかった。スティルマンの前に出たのはこれで三度目だが、そのたびにクインが別人になったような有様なのだ。これが吉兆なのか凶兆なのか、クインには判断がつかなかった。演技だとしたら、スティルマンは世界中の誰とも違う独特の役者である。何しろクインとしては、毎回不意打ちを喰わせているつもりである。なのに相手はたじろぎもしないのだ。逆に、もし本当にクインが認識できないのだとすれば、それはどういうことか？　自分が目にするものに対して、人はそこまで鈍感になれるのだろうか？

どなたでしょう、と老人はクインに訊《たず》ねた。

「ピーター・スティルマンと申します」とクインは言った。

「それは私の名前です」とスティルマンは答えた。「私がピーター・スティルマンです」

「私はもう一人のピーター・スティルマンです」とクインは言った。

「ああ。私の息子のことですか。うん、それはありえますな。あなたは息子と同じように見える。もちろん、ピーターは金髪であなたは黒髪《ダーク》です。ヘンリー・ダークではないが、髪はダークだ。だが人間というのは変わるものです。ある時はこういう人間であっても、あっという間に別の人間になったりする」

「そのとおりです」

「お前のことはよく考えていたんだよ、ピーター。何度も思ったものさ、『ピーターはどうしているだろうなあ』って」

「前よりずっとよくなりましたよ、おかげさまで」

「それはよかった。いつだったか誰かに、お前が死んだと言われたよ。そう聞かされてひどく悲しかったよ」

「いいえ、完全に回復しました」

「そのようだな。すっかり元気になった。それに、喋るのもすごく上手になったじゃないか」

「どんな言葉でも使えるようになりました。たいていの人が苦労する言葉だって平気です。全部言えます」

「お前のことを誇りに思うぞ、ピーター」

「ご恩は忘れませんよ」

「子供とは大いなる恵みだ。前々からそう言っていたものさ。何ものにも代えがたい恵みだ、と」

「きっとそうでしょうね」

「私の方は、よい日もあれば悪い日もある。悪い日が来たら、よかった日のことを考えるのさ。記憶というのは大いなる恵みだよ、ピーター。死の次に善きものだ」

「違いありません」

「もちろん、私たちは現在を生きる必要もある。たとえば私はいまニューヨークにいる。明日はどこかよそにいるかもしれない。私はずいぶん移動するのだよ。今日はここに在りて、明日は影も無し。それも私の仕事の一環なのだ」

「ずいぶん刺激的でしょうね」

「そうとも、非常に刺激を受けておる。頭は一瞬たりとも休まない」

「それはよかったですね」

「たしかに寄る年波には勝てん。だが、ありがたく思うべきことだってたくさんある。時の流れによって人は老いるわけだが、時が流れればこそ昼と夜もある。そして私たちが死んでも、つねに誰かが代わりになってくれる」

「誰でもみな老いますからね」

「お前が老いたときにも、息子がいて、慰めとなってくれるかな」

「だといいですね」

「そうなったら私と同じ果報者だってことだ。覚えておけよピーター、子供は大いなる恵みだぞ」

「忘れませんよ」

「それともうひとつ。ひとつの籠《かご》に全部の卵を入れてはならぬ――これも忘れるなよ。

反面、ひなが孵《かえ》る前に鶏を数えてはならぬ」

「はい。物事をあるがまま受け入れるようにします」

「そして最後に、真実ではないと心でわかっていることを、決して口にしてはいかん」

「しません」

「嘘《うそ》をつくのは悪いことだ。いずれ、ああ生まれてこなければよかったのに、と悔やむことになる。生まれなかったとすれば、それは大きな呪《のろ》いだ。時の流れの外で生きることを強いられるのだ。時の外で生きれば、昼も夜もない。死ぬ機会さえ与えられない」

「わかります」

「嘘は絶対取り消せない。真実を明かしたとしても十分ではない。私は父親だから、この種のことを知っているのだ。わが国の父の身に起きたことを思い出してごらん。桜の木を切って、自分の父親に『お父さん、僕は嘘がつけません』と言ったのだ。それからまもなく、硬貨を川向こうに投げた。この二つの物語はアメリカ史において決定的に重要な出来事だ。ジョージ・ワシントンは木を切り、金を投げ捨てた。わかるか？　ワシントンは本質的な真理を語っていたのだ。すなわち、木に金は生《な》らぬ、ということだ。いいかピーター、これこそがわが国を偉大な国にしたのだぞ。今日、ジョージ・ワシントンの顔はすべての一ドル札に刷られている。こうした一連の事実に、学びとるべき大切な教訓があるのだ」

「同感ですよ」

「むろん、木が切り倒されたのは残念だ。あの木は生命の木だったのであり、あの木があれば私たちは不死を得ていたはずなのだ。いま私たちは、両手《もろて》を上げて死を歓迎する。年老いていればなおさらだ。だがわが国の父は己の義務を知っていた。彼としてはああするしかなかったのだ。『人生は鉢一杯のサクランボ』とはそういうことだ。木があのまま立っていたなら、我々は永遠の生を手にしていたのだ」

「うん、わかりますよ」

「私の頭にはいろんな考えが詰まっている。頭は一瞬たりとも休まない。ピーター、お前はいつだって賢い子供だったな、わかってくれて嬉《うれ》しいよ」

「お話、全部理解できますよ」

「父親はつねに、自分の学んだ教訓を息子に伝えねばならん。そうやって叡智《えいち》は世代から世代に受け継がれ、人類はより賢明になっていくのだ」

「忘れませんよ、教わったこと」

「これでわしも安心して死んでいけるよ、ピーター」

「よかった」

「だが、何ひとつ忘れてはいかんぞ」

「忘れませんよ、お父さん。約束します」


翌朝、クインはいつもの時間にホテルの前にいた。天気はとうとう変わっていた。まばゆい空が二週間続いたのち、けさのニューヨークは小雨が降っていて、街には濡《ぬ》れたタイヤの移動する音が満ちていた。クインは一時間にわたってベンチに座り、スティルマンがいまにも現われるものと、黒い傘で雨から身を護《まも》っていた。ロールパンとコーヒーをゆっくりと飲み食いし、メッツの日曜の敗北の記事を読んだが、それでもまだ老人は姿を見せなかった。ここは辛抱のしどころだ、と自分に言い聞かせ、新聞のほかの部分と取り組みはじめた。四十分が過ぎた。経済欄まで来て、ある企業合併をめぐる解説を読み出しかけたところで、急に雨が強くなった。クインはしぶしぶベンチから立ち上がり、ホテルの向かい側の建物の戸口に避難した。そして一時間半、じめじめ湿った靴でそこに立っていた。スティルマンは病気なのだろうか？　老人がベッドに横たわって、熱を追い出そうと汗をかいている姿をクインは思い浮かべようとした。あるいはひょっとして夜のうちに死んで、まだ遺体が発見されていないのかもしれない。世の中そういうことだって起きているものな、とクインは思った。

　今日は決定的な日になるはずだった。そのために入念な、細心の計画も立ててあったのだ。これでその努力もおじゃんになってしまった。こうした事態を自分が想定していなかったという事実に、クインは心穏やかでなかった。

　それでも、クインはためらった。傘の下に立って、雨が小さな細かい滴《しずく》となって傘から滑り落ちてくるのを眺めていた。十一時にはもう、決断に達しかけていた。三十分後、通りを渡って、歩道を四十歩歩き、スティルマンのホテルに入っていった。中はゴキブリ駆除剤と煙草《たばこ》の吸殻の匂《にお》いがした。雨のなか、どこにも行くところのない住人たちがロビーにたむろし、オレンジ色のプラスチックの椅子《いす》にだらしなく座っていた。うつろな場所だった。澱《よど》んだもろもろの思いから成る地獄に思えた。

　フロントデスクには、シャツの袖《そで》をまくった、大柄の黒人の男が座っていた。片方の肱《ひじ》をカウンターに載せて頬づえをつき、もう一方の手でタブロイド判の新聞をめくって、ろくに字も読まずに次々ページを繰っていた。さも退屈そうなその様子は、生まれてからずっとここにいるみたいに思えた。

「ここの宿泊客の方に伝言をお願いしたいんですが」とクインは言った。

　クインが消えればいいと思っているような顔を、男はのろのろと上げた。

「ここの宿泊客の方に伝言をお願いしたいんですが」とクインはもう一度言った。

「ここには宿泊客《ゲスト》はいないよ」と男は言った。「ここじゃ住人《レジデント》って言うんだ」

「じゃあ住人《レジデント》の方に。伝言をお願いしたいんです」

「で、どの住人かね？」

「スティルマン。ピーター・スティルマン」

　男はしばし考えるふりをしてから、頭を横に振った。「いいや。そんな名前の奴《やつ》は思い出せないね」

「宿帳はないんですか？」

「ああ、名簿ならあるよ。でも金庫に入ってる」

「金庫。何の話です？」

「だから、名簿だよ。ボスが金庫にしまっときたがるんだ」

「番号はご存知じゃないでしょうね？」

「悪いな。ボス以外は誰も知らない」

　クインはため息をついて、ポケットのなかに手を入れ、五ドル札を一枚引っぱり出した。そしてそれをカウンターにばしんと置いて、手をその上に載せたままにした。

「その名簿って、写しとかあったりしないんでしょうね？」とクインは訊《き》いた。

「どうかな」と男は言った。「事務室を見てみないと」

男はカウンターの上に広がっている新聞を持ち上げた。その下に宿帳があった。

「ラッキーだなあ」とクインは言って、札から手を放した。

「ああ、今日はツイてるみたいだ」と男は答え、札をカウンターの縁まで滑らせ、すっと落としてポケットに入れた。「あんたの知りあい、何て名前だっけ？」

「スティルマン。白髪の老人」

「オーバーを着た旦那《だんな》かい？」

「そのとおり」

「ここじゃみんな教授って呼んでる」

「その人だ。部屋番号はわかる？　二週間くらい前にチェックインしたんだが」

フロント係は宿帳を開けて、ページを繰り、名前と番号を書き込んだ列に指を滑らせた。「スティルマン」と男は言った。「三〇三号室。もういない」

「え？」

「チェックアウトした」

「何の話だ？」

「あのさ、こっちはここに書いてあることを言ってるだけでさ。スティルマンは昨日の夜チェックアウトした。もういない」

「そんな馬鹿《ばか》な話、聞いたことないぞ」

「俺の知ったこっちゃないね。とにかくここにはっきり書いてあるんだから」

「行き先の住所は残していった？」

「冗談だろ」

「何時に出ていった？」

「遅番のルイスに訊かないと。八時に来る」

「部屋を見せてもらえるか？」

「悪いな。けさ別の男に貸しちまったよ。そいつ、いまごろ部屋で眠ってるよ」

「どんな人相の男だ？」

「あんた、五ドルでずいぶんいろいろ訊くんだな」

「わかった、わかった」とクインはやけくそ気味に手を振って言った。「もういい」

どしゃ降りのなかを、クインはアパートメントに歩いて帰った。傘はあっても全身びしょ濡れだった。何が機能だ、と思った。何が言葉の意味だ。うんざりした思いで、リビングルームの床に傘を放り投げた。それから上着を脱いで、壁に叩《たた》きつけた。そこらじゅうに水が飛び散った。

あまりのバツの悪さに、ほかにどうしたらいいかも思いつかないので、ヴァージニア・スティルマンに電話をかけた。相手が出たとたん、もう少しで切ってしまいそうになった。

「逃げられてしまいました」とクインは言った。

「確かなの？」

「昨日の夜ホテルをチェックアウトしたんです。いまどこにいるかわかりません」

「私怖いわ、ポール」

「彼から連絡はありましたか？」

「わからないわ。たぶんあったと思うんだけど、よくわからない」

「どういうことです？」

「けさ私がお風呂《ふろ》に入っているあいだに、ピーターが電話に出たの。誰だったか、ピーターは言わないの。自分の部屋に入って、カーテンを閉めて、何も言おうとしないのよ」

「でもそういうことは前にもあったでしょう」

「ええ。だからよくわからないの。でもずいぶん長いあいだなかったのよ」

「それはまずいですね」

「だから怖いのよ」

「心配は要りません。私にもいくつか策はありますから。すぐに取りかかります」

「こっちからはどうやってあなたに連絡できる？」

「二時間おきに電話しますよ、どこにいてもかならず」

「約束してくれる？」

「ええ、約束します」

「私ほんとに怖いの、耐えられないくらい」

「みんな私のせいです。どうしようもないヘマをやったんです。申し訳ありません」

「いいえ、あなたのせいじゃないわ。誰だって一日二十四時間他人を見張ることなんかできないもの。不可能よ、相手の体に入り込みでもしないかぎり」

「そこが問題なんです。私としては入り込んだつもりだったんです」

「まだ手遅れじゃないんでしょう？」

「大丈夫。まだたっぷり時間はあります。心配なさらないでください」

「しないようにするわ」

「結構。また連絡します」

「二時間おきに？」

「二時間おきに」

会話は思いのほかうまく操れた。何はともあれ、ヴァージニア・スティルマンを落ち着かせることはできた。驚いたことに、どうやらまだクインを信頼してくれているらしい。もっとも、それで何か足しになるわけでもない。何しろクインは、彼女に嘘《うそ》をついたのだ。いくつか策なんてありはしなかった。ひとつの策すらなかったのだ。

10

スティルマンはいなくなってしまった。老人は街の一部と化した。ひとつのしみ、句読点、はてしなく続く煉瓦《れんが》壁《かべ》のなかの一個の煉瓦となった。クインが死ぬまで毎日この街を歩きつづけたところで見つかるまい。いまやすべては偶然に帰され、数と確率の悪夢に堕してしまった。何の鍵《かぎ》も、手がかりもなく、打つべき手もひとつとしてなかった。

クインは頭のなかで事件をさかのぼり、発端まで戻っていった。彼の仕事はピーターを護《まも》ることであって、スティルマンを尾行することではなかった。尾行はあくまで手段であり、今後何が起きるかを予知するための方策でしかなかった。スティルマンを観察することによって、ピーターに関する彼の意図がわかるはずだというわけだ。そしてクインは二週間老人を尾行した。その結果、いかなる結論が得られたか？　ほとんど何もなし。相手の行動はあまりに謎《なぞ》めいていて、ヒントさえ引き出せなかったのだ。

もちろん、いくつか思いきった手段は可能だ。まず、電話帳に載らない番号を入手するようヴァージニア・スティルマンに勧めることはできる。そうすれば少なくとも当面、不穏な電話は排除される。それがうまく行かなければ、いっそピーターともども引越してしまう手もある。二人であの界隈《かいわい》を、さらにはこの街を、あっさり出てしまうのだ。最悪の場合には、新しい身元を捏造《ねつぞう》して、違う名前で生きればいい。

この最後の点がきっかけとなって、クインは重要な事柄に思いあたった。考えてみればこれまで、自分が雇われるに至った経緯を、クインは一度も真剣に問い直してこなかった。何もかもがあまりに目まぐるしく起きたせいで、自分がポール・オースターの代わりになれるということを当然の前提と見てきた。そして、ひとたびその名のなかに飛び込んだあとでは、もうオースターのことは考えなくなってしまっていた。もしこの人物が、本当にスティルマン夫妻が思っているとおりの優秀な探偵なのだったら、事件解決にも手を貸してくれるかもしれない。クインが何もかも白状し、オースターが彼を許して、一緒になってピーター・スティルマンを救うのだ。

電話帳のイエローページでオースター探偵事務所を探したが、載っていなかった。だが、個人名の方にはその名があった。マンハッタンに、ポール・オースターが一人いる――リバーサイド・ドライブの、クインの住居からもそう遠くないところに。探偵事務所がどうこうという記述はないが、それだけではわからない。すごく繁盛《はんじょう》していて、宣伝する必要がないのかもしれない。クインは受話器を取り上げ、いまにもダイヤルしかけたが、そこで思いとどまった。これは電話で話すには重要すぎる。あっさり無視され切られてしまう危険を冒すわけには行かない。事務所がないということは、自宅で営業しているということか。そこへ行って、オースターと面と向かって話すことに決めた。

雨はもう止《や》んでいて、空はまだ灰色だったが、ずっと西の方の雲の切れ目から光の細い筋が覗《のぞ》いていた。リバーサイド・ドライブを北に歩いていきながら、もはや自分がスティルマンを尾行していないという事実にクインは思いあたった。何だかまるで、自分の半分を失ったような気がした。二週間ずっと、クインは見えない糸で老人につながれていた。スティルマンが何をしようと、クインもそれをした。スティルマンがどこへ行こうと、クインもそこへ行った。そしていま、新しい自由に体がまだ慣れなくて、はじめの何ブロックかは、ついまた足を引きずるようなペースで歩いてしまった。呪縛《じゅばく》は解けたのに、体はまだそのことを知らなかった。

オースターの住んでいる建物は、一一六丁目から一一九丁目まで続く長いブロックの真ん中あたり、リバーサイド教会とグラント将軍の墓のすぐ南にあった。手入れの行き届いたビルで、ドアノブも磨き込まれガラスも清潔で、そのブルジョワ的な堅実さがいまのクインには好ましかった。オースターのアパートメントは十一階にあった。クインはブザーを鳴らし、インターホンから声が聞こえてくるものと思って待った。ところが、何の会話もなしにドアのブザーが鳴った。クインはドアを押して開け、ロビーを通り抜けて、エレベータに乗って十一階まで行った。

アパートメントのドアを開けたのは男性だった。三十代なかば、背の高い黒髪の男で、服はよれよれ、無精髭《ぶしょうひげ》が生えていた。右手の親指、人差指、中指で、キャップを外した万年筆を、書く姿勢のまま握っている。見知らぬ人物が目の前に立っているのを見て、男は驚いている様子だった。

「何でしょう?」と男はひとまず訊《たず》ねた。

クインは精一杯礼儀正しい口調で言った。「誰か別の方をお待ちだったんですか?」

「ええ、妻を待っていたんです。だから誰だかも訊《き》かずにドアを開けたんです」

「お邪魔して申し訳ありません」とクインは謝った。「私、ポール・オースターを探してまして」

「私がポール・オースターです」と相手は言った。

「少しお話しできるでしょうか。とても大事なことなんです」

「まずはどういう話かお聞かせいただかないと」

「自分でもよくわからないんです」。クインはオースターに真剣なまなざしを向けた。「込み入った話なんです。すごく込み入ってるんです」

「あなた、名前はお持ちですか？」

「すみません。はい、もちろん。クインといいます」

「クイン・何です？」

「ダニエル・クインです」

その名が何かを示唆《しさ》したのか、オースターはしばし遠くを見るような目になって、記憶のなかを探るかのように口をつぐんだ。「クイン」と彼は一人呟《つぶや》いた。「どこかで聞いた名前だなあ」。そしてもう一度黙って、いっそう真剣に答えを掘り起こそうとした。「あなた、詩人じゃないですよね？」

「前はそうでした」とクインは言った。「でももうずいぶん長いこと詩は書いていません」

「何年か前に詩集を出されましたよね？『未完の一件』でしたね。青い表紙の、小さな本」

「ええ。私です」

「あれはすごくよかったです。もっとあなたの作品を読みたいとずっと思っていたんです。あなたに何かあったんだろうか、なんてことまで考えましたよ」

「まだここにいます。いちおう」

オースターはドアをもっと広く開け、中に入るようクインに身ぶりで合図した。まずまず快適そうなアパートメントだった。変わった間取りで、細長い廊下がいくつかあって、そこらじゅうに本が散らかり、クインの知らない画家の絵が壁に何枚か掛かっていて、床には子供のおもちゃが転がっていた。赤いトラック、茶色の熊《くま》、緑のスペースモンスター。オースターはクインをリビングルームに案内し、すり切れた布張りの椅子《いす》に座らせて、ビールを取りにキッチンへ行った。そして壜《びん》を二本持って戻ってきて、コーヒーテーブル代わりの木箱の上に置き、クインの向かいのソファに腰を下ろした。

「話というのは、何か文学に関係したことで？」とオースターは切り出した。

「いいえ」とクインは言った。「だったらいいんですが。残念ながら文学とは何の関係もありません」

「じゃあ何の話です？」

クインは一瞬言葉を切って、何を見るともなしに部屋のなかを見渡し、話をはじめようとした。「どうやらとんでもない間違いだったようです。私はここに、私立探偵のポール・オースターを探しにきたんです」

「私立何だって？」とオースターは笑い、その笑いとともに、すべてが一気にばらばらに崩れた。自分がまるっきり無茶苦茶を喋《しゃべ》っていることをクインは悟った。シッティング・ブル酋長《しゅうちょう》を探していると言っても似たようなものだったろう。

「私立探偵です」と彼は静かな声でくり返した。

「どうやら、ポール・オースター違いみたいですね」

「電話帳に載っているのはあなただけなんです」

「そうかもしれませんが、私は探偵じゃありません」

「では何なんです？　何をなさっているんですか？」

「作家です」

「作家？」とクインは、悲嘆の言葉であるかのようにその語を口にした。

「あいにく、そうなんです」とオースターは言った。

「だとすると、もう望みはありません。何もかもが悪い夢です」

クインはすべてを打ちあけた。そもそものはじめから語り出し、一歩一歩物語をたどっていった。その朝スティルマンが姿を消して以来、クインのなかで募っていたプレッシャーが、いま言葉の奔流となってあふれ出てきた。ポール・オースターを求める電話をクインは語り、不可解にも依頼を引き受けたことを語り、ピーター・スティルマンとの出会いを、ヴァージニア・スティルマンとの会話を語り、スティルマンの著書を読んだことを、グランドセントラル駅からスティルマンを尾行していったことを語り、スティルマンの日ごとの彷徨《ほうこう》を、カーペット地の鞄《かばん》と壊れた物たちを、アルファベットの文字を形成する不穏な地図を語り、スティルマンとの対話を、スティルマンのホテルからの失踪《しっそう》を語った。終わりまで来ると、「私のこと、狂ってると思われますか？」とクインは言った。

「いいえ」と、クインの独白をずっとじっくり聞いていたオースターは言った。「もし私があなたの立場にいたとしても、たぶん同じことをしたと思いますね」

この言葉はクインを心底ほっとさせた。やっとのことで、自分一人で重荷を背負っているのではない気になれた。オースターを両腕で抱きしめて、生涯の友情を宣言したい気分だった。

「これは作り話じゃありません」とクインは言った。「ほら、証拠だってあります」。財布を取り出して、ヴァージニア・スティルマンが二週間前に書いた五百ドルの小切手を見せた。クインはそれをオースターに渡した。「ね、受取人もちゃんとあなたになっています」

オースターは小切手に丹念に目を通し、うなずいた。「ごく普通の小切手に見えますね」

「どうぞお受けとりください」とクインは言った。「あなたにお持ちいただきたいんです」

「もらうわけには行きませんよ」

「私が持っていても仕方ありません」。クインはアパートメントのなかを見渡し、漠然としたしぐさをした。「もっと本を買えばいい。じゃなきゃお子さんにおもちゃを買ってあげても」

「これはあなたが稼いだ金です。持つ資格があるのはあなたです」。オースターはしばし言葉を切った。「それじゃこうしましょう。小切手は私宛《あて》になっているから、私があなたに代わって現金化します。明日の朝銀行に持っていって、私の口座に入れておいて、小切手がクリアしたらあなたに金をお渡しするんです」

クインは何も言わなかった。

「それでいいですか？」とオースターは訊いた。「決まりですね？」

「それで結構です」とクインはやっと言った。「どうなるか、見てみましょう」

もう話は済んだと言わんばかりに、オースターは小切手をコーヒーテーブルの上に置いた。そしてソファに深々と座って、クインの目をまともに見据えた。「小切手よりもっとずっと重大な問題があります」とオースターは言った。「私の名前が、この一件に巻き込まれたという事実です。まったく理解できません」

「最近、電話に何かトラブルはありませんでしたか？　回線が入れ替わってしまうことがたまにありますよね。ある番号をかけようとして、正しくダイヤルしているのに、別の人間が出てしまう」

「ええ、私にも経験があります。ですが、かりに私の電話が壊れていたとしても、真の問題の説明にはなりません。電話があなたのところへ行った理由はわかっても、そもそもなぜその人物が私と話したいと思ったかはわからない」

「ひょっとして、これに絡《から》んだ人たちをご存知ではありませんか？」

「聞いたこともありませんね、スティルマン夫妻なんて」

「誰かがあなたにたちの悪いジョークを仕掛けたとか」

「私はそういう人間とはつき合いません」

「わからないものですよ」

「ですがこれはジョークじゃありません。本物の人間がかかわった、本物の事件です」

「そうですね」とクインは長い沈黙のあとに言った。「それは私も認識しています」

これでもう、話しあえることは尽きてしまった。これより先には何もなかった。何もわかっていない男二人の、ランダムな思いがあるのみ。もう暇《いとま》を告げるべきだとクインは思った。来て一時間近くになるし、ヴァージニア・スティルマンに電話する時間も迫ってきている。にもかかわらず、クインは動く気になれなかった。椅子は心地よかったし、ビールも軽く頭にのぼってきていた。このオースターという人物は、クインにとっては久しぶりに話す知的な人間だった。しかもクインの昔の作品を読んでくれて、気に入ってくれて、もっと彼の作品を読みたいと思ってくれていたのだ。そんなことを考えている場合ではないが、やはり嬉《うれ》しく思わずにはいられなかった。

少しのあいだ、二人は何も言わずにじっとしていた。そのうちやっとオースターが、話が行き詰まったことを認めるかのように肩をすくめた。そして立ち上がり、「ちょうど昼食を作ろうと思っていたところです。二人ぶん作るのは訳ありませんよ」と言った。

クインはためらった。オースターに心を読まれた気が、こっちが何より欲しているものを見抜かれた気がした。食べること、もうしばらくここにとどまる口実を持つこと。「本当はもうお暇すべきなんですが」とクインは言った。「でも、ええ、ありがとう。お言葉に甘えて、軽くいただきます」

「ハムオムレツでどうです？」

「いいですね」

オースターは食事を作りにキッチンへ入っていった。何か手伝いましょうか、と言いたい思いもあったが、どうにも動けなかった。体が石になったみたいな気がした。ほかに何も思いつかないので、クインは目を閉じた。これまでは時おり、世界を消滅させることで気持ちが安らいだりもした。けれどいまは、頭のなかに何も面白いものは見当たらなかった。脳内の物事が停止してしまったように思えた。やがて、闇《やみ》のなかから声が聞こえてきた。呪文《じゅもん》を唱えるような、白痴的な声が、同じセンテンスを何度も何度も歌っていた――「オムレツは卵を割らずには作れない」。言葉を止めようと、クインは目を開けた。

パンとバター、さらなるビール、ナイフとフォーク、塩とコショウ、ナプキン、そして白い皿に汁を滴《したた》らせているオムレツが二つ。作法も何も忘れて、クインは一心不乱に食べた。ほんの数秒と思える早さで何もかも平らげた。それから、何とか気持ちを落ち着かせようとした。目の奥にはなぜか涙がひそんでいたし、喋ると声も震えたが、どうにか頑張って抑えた。自分のことしか頭にない恩知らずではないことを示そうと、クインはオースターの書いているものについて訊いてみた。はじめ相手はあまり話したがらなかったが、そのうちやっと、目下評論集を書いているところだと打ちあけた。いま書いているのは『ドン・キホーテ』論だということだった。

「大好きな本です」とクインは言った。

「ええ、私もです。あんな本はほかにありません」

どういう評論ですか、とクインは訊ねた。

「まあ一種の推論と言えばいいんでしょうね。ぜひとも何かを証明しようという文章じゃありませんから。実際、どこまで真面目《まじめ》かわからないようなトーンでやっています。想像をたくましくした読み、と言ってもいいかも」

「ポイントは？」

「誰が本の作者か、というのが一番主要な点です。誰が書いたのか、どのように書かれたのか」

「疑問の余地があるんですか？」

「もちろんありません。でも私が言っているのは、セルバンテスが書いた本のなかの本のことです。彼が自作のなかで存在させた本のことです」

「ふむ」

「きわめて簡単な話です。覚えていらっしゃいますか、セルバンテスは、自分が作者ではないのだと読者に納得させようとして、ずいぶん手間をかけています。この本はシーデ・ハメーテ・ベネンヘーリによってアラビア語で書かれたのであり、自分はある日トレドの市場で偶然その原稿を見つけたのだと言っています。そして人を雇ってそれをスペイン語に翻訳させ、自分は翻訳を編集しただけだと称しているのです。翻訳の正確さを保証することすら自分にはできないと言っているんです」

「とはいえ、彼はまた」とクインはつけ足す。「シーデ・ハメーテ・ベネンヘーリの版こそドン・キホーテ物語の唯一《ゆいいつ》真正の版だと言っています。ほかの版はすべてペテン師が書いた贋物《にせもの》である、と。本に書いてあることはすべて現実に起きたのだと、ずいぶん強調していますよね」

「そのとおり。あの本は結局のところ、作り話の危険性に対する批判だからです。そういう批判をするのに、架空の物語を出してくるわけには行かないでしょう？　これは事実なのだ、と主張するのは当然です」

「とはいえ、かねがね思っていたんですが、セルバンテス自身、その手の古い冒険譚《たん》を貪《むさぼ》り読んでいたんじゃないでしょうか。何かをあれほど烈《はげ》しく憎むには、どこかでそれを愛しているにちがいありません。ある意味で、ドン・キホーテはセルバンテス自身の代役にすぎなかったんじゃないでしょうか」

「同感です。作家とはまさに、書物にたぶらかされた人物ですからね」

「まったくです」

「いずれにせよ、本に書いてあることは現実だという建前ですから、物語を書いたのはそのなかで起きる出来事の目撃者でなくてはいけません。ところが、著者と称されているシーデ・ハメーテはまったく登場しません。一度たりとも、出来事が起きた場に居合わせたと主張したりもしません。というわけで、私の問いはこうです——シーデ・ハメーテ・ベネンヘーリとは何者か？」

「なるほど、だんだん見えてきました」

「私が提示しているのは、彼は四人別々の人間の組み合わせではないか、という説です。目撃者ということでいえばもちろんサンチョ・パンサです。ほかに候補はいません。ドン・キホーテのすべての冒険に同行するのは彼一人なんですから。ですがサンチョは読み書きができません。したがって、一人で作者にはなれない。その一方で、サンチョは言葉を操る才が豊かだということは我々も知っています。しょうもない言い違いもよくやりますが、議論となればほかのどの登場人物にも負けない。サンチョが誰かに物語を口述した、ということも大いに考えられると思うんです。そしてその誰かというのが、ドン・キホーテのよき友たる床屋と司祭です。かくして二人が、物語をしかるべき文学的体裁に——スペイン語で——整え、その原稿をサラマンカの得業士サンソン・カルラスコに渡し、サンソンがそれをアラビア語に訳したのです。そしてセルバンテスがその翻訳を発見し、もう一度スペイン語に訳し直させて、『奇想驚くべき郷士《ごうし》ドン・キホーテ・デ・ラ・マンチャ』として出版したというわけです」

「でも何だってサンチョもほかの連中も、そんな面倒なことをやる必要があるんです?」

「ドン・キホーテの狂気を治すためです。彼らは友を救いたいと思ったんです。覚えてらっしゃるでしょう、冒頭で彼らはドン・キホーテの持っている騎士道物語をみんな燃やしてしまいますが、効き目はありません。憂《うれ》い顔の騎士はいっこうにおのれの妄執を捨てません。そこでみんな、それぞれ思い思いの変装をしてドン・キホーテを探しに行きます。ドン・キホーテを丸め込んで家に連れ戻そうと、悩める乙女に、鏡の騎士に、銀月の騎士に身をやつすのです。最終的に、彼らの試みは事実成功を収めます。本は彼らのさまざまな作戦のひとつでしかありませんでした。要は、ドン・キホーテの狂気に対して鏡をかざし、彼の馬鹿《ばか》げた、愚かな妄想を逐一《ちくいち》記録して、やがて本人が読んだときに己のあやまちを悟らせようと目論《もくろ》んだのです」

「なるほど、面白い」

「でしょう。ですがまだもうひとひねりあるんです。私の見解では、ドン・キホーテは本当に狂ってはいませんでした。狂人のふりをしていただけです。それどころか、すべては彼が陰で操っていたのです。いいですか、作品中ずっと、ドン・キホーテは後世という問題にこだわっています。何度も何度も、実録者が自分の冒険を正確に記録してくれるだろうか、と気にしています。これはつまり、ドン・キホーテが事情を理解していたことの表われです。実録者が存在することを彼はあらかじめ知っていたんです。そしてその実録者とは誰か。これはもう、忠実なる従士サンチョ・パンサ以外にありえません。ドン・キホーテはまさにこの目的のために彼を選んだのです。同じように、ほかの三人を選んで、役を割り当てたのも彼でした。ベネンへーリ四人組を作り上げたのはドン・キホーテだったのです。作者たちを選んだだけでなく、アラビア語の原稿をスペイン語に訳し戻したのもおそらく彼でした。ドン・キホーテならやりかねません。あれほど変装の術に長《た》けた男にとって、肌を黒くしムーア人の衣装をまとうくらい訳なかったはずです。トレドの市場での、その情景を想像するのは楽しいですよ。ドン・キホーテの物語を解読させる仕事に、セルバンテスがドン・キホーテその人を雇う。実に絵になる構図です」

「でもまだ説明してくださっていませんよ、なぜドン・キホーテのような人物が、わざわざ静かな生活を中断してそんな手の込んだいたずらにかかずらわったのか」

「そこがまさに一番面白い点なんです。私が思うに、ドン・キホーテは実験を行なっていたんです。同胞たる人間たちの信じやすさを試そうとしていたんです。世間にわが身をさらし、この上ない確信をもって嘘《うそ》やナンセンスを語ることは可能か？　風車を騎士だと言い張り、床屋の金盥《かなだらい》を兜《かぶと》だ、人形を本物の人間だ、と言い張ることは可能か？　たとえ相手がこっちの言うことを信じていなくても、こっちの話に同意するよう相手を説き伏せることは可能か？　言いかえれば、それが愉《たの》しみを与えてくれるものなら、人はどこまで冒瀆《ぼうとく》的言動を許すのか？　答えは明白でしょう？　どこまでも、です。我々がいまも『ドン・キホーテ』を読むことがそのいい証拠です。この本はいまだに我々を大いに愉しませてくれるのです。結局のところ、人が本に求めるのはそれに尽きます――愉しませてくれること」

オースターはソファに身を沈め、皮肉っぽい満足げな笑みを浮かべて、煙草《たばこ》に火を点《つ》けた。明らかに面白がっている様子だが、何を面白がっているのか、クインには測りかねた。一種、声なき笑いというか、オチの直前で止まったジョークというか、対象のない漠たる上機嫌とでも言うべきものが感じられた。オースターの説に対してクインは何か言おうとしたが、その機会は与えられなかった。いまにも口を開こうとしたところで、玄関で鍵《かぎ》がガチャガチャ鳴る音が割って入り、ドアが開いてばたんと閉まる音がし、ガヤガヤと人の声が聞こえてきたのだ。音を聞いて、オースターの顔がパッと活気づいた。ソファから立ち上がり、失礼、とクインに言っていそいそと玄関の方へ歩いていった。

玄関先で笑い声が聞こえた。まずは女の、次は子供の笑い――高い声と、より高い声の、銃撃のように反響するスタッカート。それから、オースターの高笑いのバスの轟《とど》き。子供が「ねえパパ、これ見つけたんだよ！」と言った。それから女が、道に落ちてたのよ、どこも壊れてなさそうだったし、と講釈した。次の瞬間、子供が廊下をこっちへ走ってくるのが聞こえた。子供はリビングルームに飛び込んできて、クインがいるのを目にしてぴたっと立ちどまった。五歳か六歳の、金髪の男の子である。

「こんにちは」とクインは言った。

男の子はたちまち内気さのなかに引っ込んでしまい、こんちは、とかすかな声で返すのがやっとだった。左手に、何だかわからない赤い物を持っている。それ何だい、とクインは男の子に訊《き》いた。

「ヨーヨー」と男の子は答えて、手を開いてクインに見せた。「道で拾ったの」

「動くの？」

肩をすくめるしぐさを、大げさなパントマイムで男の子は演じた。「わかんない。シリはできないし、僕もやり方知らないから」

やってみてもいいかな、とクインが訊くと、男の子は寄ってきて彼の手のなかにヨーヨーを入れてくれた。それをじっくり眺めていると、すぐ横で彼の一挙一動を見守っている子供の息づかいが聞こえた。ヨーヨーはプラスチック製で、クインが子供のころ遊んだヨーヨーと似ていたが、何となくもう少し凝っていて、いかにも宇宙時代の人工物という感じがした。クインは糸の端を中指に巻きつけて、立ち上がり、やってみた。ヨーヨーはひゅうっと笛のような音を立てて下降していき、中から火花が飛び出た。男の子はハッと息を呑《の》んだが、じきヨーヨーは止まってしまい、だらんと垂れ下がった。

「かつて偉大な哲学者は言った」とクインは呟《つぶや》いた。「上がることと下がることは一つにして同じである」

「でも上がらなかったじゃない」と男の子は言った。「下がっただけだよ」

「またやってみろってことさ」

再挑戦しようとクインが糸を巻き直していると、オースターとその妻が部屋に入ってきた。顔を上げたクインの目にまず入ってきたのは、女の方だった。そのほんのわずかの瞬間に、俺はもう駄目だ、とクインは思い知った。彼女は背の高い、痩《や》せた金髪の女性で、輝くばかりに美しく、周りのものすべてを透明にしてしまいそうな活力と幸福感をみなぎらせていた。あんまりだと思った。何だかまるで、自分が失ったものをオースターに見せつけられているような、オースターにからかわれているような気がした。嫉妬《しっと》と、憤怒《ふんぬ》と、胸をずたずたに引き裂く自己憐憫《れんびん》がクインの胸を満たした。自分にもこんな妻とこんな子供がいたら。一日中のんびり家にいて、昔の本をネタにたわごとを書き綴《つづ》り、ヨーヨーとハムオムレツと万年筆に囲まれて暮らせたら。助けてくれ、とクインは一人祈った。

オースターは彼の手のなかのヨーヨーを見て、「どうやらもう知りあったらしいね。ダニエル、こちらはダニエル」と男の子に言った。それからクインに向かって、同じいたずらっぽい笑みを浮かべたまま「ダニエル、こちらはダニエル」と言った。

男の子はキャッキャッと笑い出し、「みんなダニエルだ！」と言った。

「そうとも」とクインは言った。「僕は君で、君は僕だ」

「ぐるぐるぐる回ってく」と男の子は叫んで、いきなり両腕を広げ、回転儀《ジャイロスコープ》のように部屋のなかを回り出した。

「そしてこっちが」とオースターは女の方を向いて言った。「妻のシリ」

彼女はいかにも彼女らしくにっこり微笑《ほほえ》み、お会いできて嬉《うれ》しいです、と本気でそう思っている口調で言い、クインに向かって手を差し出した。クインはその手を握って、彼女の骨の尋常でない細さを感じながら、ノルウェー系のお名前ですか、と訊《たず》ねた。

「ご存知の方は少ないんですよ」と彼女は言った。

「ノルウェーのご出身ですか？」

「間接的には」と彼女は言った。「ミネソタ州ノースフィールド経由です」。それからまた、いかにも彼女らしい声を上げて笑い、クインは自分がさらにまた少し崩れ落ちるのを感じた。

「ちょっと急な話ですが」とオースターは言った。「お急ぎでなかったら、夕食を召し上がっていきませんか？」

「あ、ええ」とクインは、懸命に自分を抑えようとしながら言った。「どうもご親切に。でもこれで失礼しませんと。もうすでに遅れているものですから」

最後の意志の力をふり絞って、クインはオースターの妻に笑顔を見せ、男の子にさよならの手を振った。「さよなら、ダニエル」と彼はドアの方に歩いていきながら言った。

男の子は部屋の向こう側からクインを見て、もう一度声を上げて笑った。「さようなら、僕！」と彼は言った。

オースターが玄関まで送ってくれた。「小切手がクリアしたらすぐ電話しますよ。あなたの番号、電話帳に載ってますか？」

「ええ」とクインは言った。「ダニエル・クインは私一人です」

「何か私にできることがあったら、いつでもお電話ください」とオースターは言った。「喜んでお手伝いしますから」

握手しようとオースターが手を差し出すと、自分がまだヨーヨーを持っていることにクインは気がついた。彼はそれをオースターの右手のなかに入れ、相手の肩を軽く叩《たた》いて、立ち去った。

11

クインはもうどこにもいなかった。何もなく、何も知らず、何も知らないことだけは知っていた。はじまりに送り返されたばかりか、いまやはじまりよりもっと前にいた。はじまりよりはるかずっと前、想像しうるいかなる終わりよりも悪い場に。

時計は六時近くを指していた。クインは来たのと同じ道を歩いて帰り、四つ角をひとつ越えるたびに歩幅を増していった。自分のアパートメントがある通りまで来たころには、彼はもう走っていた。今日は六月六日だ、と自分に言い聞かせた。それを覚えておけよ。ここはニューヨーク、明日は六月七日だ。順調に行けば次の日は八日だろう。だが何ひとつ確かなことはない。

ヴァージニア・スティルマンに電話をかけるべき時間はとっくに過ぎていた。かけるのはつらいが、そうすべきだろうか？　彼女を放っておくなどということは許されるだろうか？　何もかもあっさり投げてしまうという選択肢はあるのか？　イエス、それもありだ、とクインは思った。事件のことは忘れて、ふだんの暮らしに戻り、また一冊本を書くという手もあるのだ。旅行に出かけたっていいし、何ならしばらく外国に行くことだってできる。たとえばパリに。そう、それもありだ。でもどこだっていい。まったくどこだっていいのだ、そう思った。

クインはリビングルームに座って、壁を眺めた。かつてその壁が白かったことを彼は覚えていたが、いまでは奇妙な色合いの黄色に変わっていた。このまま行けば、いつの日かもっと色が変わって、薄汚いと呼ぶべき領域に入っていき、古くなってきた果物のような灰色になり、さらには茶色になることだろう。白い壁が黄色い壁になり黄色い壁が灰色の壁になる、とクインは胸のうちで言った。ペンキが疲弊し、都市が煤《すす》とともに侵食してきて、漆喰は内側から崩れていく。変化。そしてまたさらなる変化。

煙草《たばこ》を一本喫《す》い、もう一本喫い、さらにもう一本喫った。両手を見ると汚れていたので、立ち上がって洗いに行った。バスルームで洗面台に水を流しながら、髭《ひげ》も剃《そ》ろうと思い立った。顔に石鹼《せっけん》を塗って、新しい刃を出し、髭をこそぎ落としにかかった。なぜか鏡を見るのが不快だったので、自分と目を合わせるのを極力避けた。お前は老《ふ》けてきたんだ、老いぼれになりつつあるんだ、とクインは自分に向かって言った。それからキッチンに入っていって、コーンフレークをボウルに盛って食べ、もう一本煙草を喫った。

七時だった。もう一度、ヴァージニア・スティルマンに電話すべきだろうかと自問した。その問いを頭のなかで転がしていると、もはや自分に意見というものがないことに思いあたった。電話をかけるべきだという論にも納得できたし、かけなくていいという論にも納得できた。結局のところ、決め手は礼儀だった。まず彼女に知らせることなく消えるのはフェアではない。それさえ済ませれば、あとは許される。自分が何をするつもりか他人に知らせておきさえすればいいんだ、そう頭のなかで唱えた。そうすれば、何でも自由にやれる。

ところが、かけてみると話し中だった。五分待って、もう一度ダイヤルした。また話し中だった。その後一時間、ダイヤルすることと待つことのあいだを行き来しつづけたが、結果はいつも同じだった。とうとう彼はオペレーターを呼び出し、スティルマン家の電話が壊れていないか訊《き》いてみた。お調べするのに三十セントかかります、と言われた。それからバリバリと雑音が聞こえ、さらにまたダイヤルする音がして、別の人間の声がした。オペレーターたちがどんな姿をしているか、クインは想像してみた。と、最初に話した女性の声が聞こえた——先方はお話し中です。

どう考えたらいいのかわからなかった。可能性は実に数多く、どれから検討したらいいのか。スティルマンの仕業か？　受話器が外れている？　まったく別の人間の仕業？

テレビを点《つ》けて、メッツの試合の最初の二イニングを観《み》た。もう一度電話をかけた。同じ。三回表にカージナルスが四球、盗塁、内野ゴロ、犠牲フライで一点を挙げた。その裏メッツもウィルソンの二塁打とヤングブラッドの安打で追いついた。そうした展開を、自分がまったくどうでもいいと思っていることに気がついた。ビールのコマーシャルがはじまり、クインは音を消した。もう二十回目となる連絡を試みたが、二十回目の結果も同じだった。四回表にカージナルスが五点を奪い、クインは画面も消した。赤いノートを出してきて、机に向かい、その後二時間着実に書きつづけた。書いたものを読み返したりはしなかった。それからヴァージニア・スティルマンに電話し、またも話し中のトーンが聞こえた。受話器をあまりに激しく叩《たた》きつけたものだから、プラスチックにひびが入ってしまった。もう一度かけてみたが、ダイヤル音が聞こえなかった。立ち上がって、キッチンに行き、ふたたびボウルにコーンフレークを盛った。そしてベッドに入った。

のちに忘れてしまうことになる夢のなか、クインはブロードウェイを、オースターの息子と手をつないで歩いていた。

翌日はまる一日路上で過ごした。朝の八時を少し過ぎたころからはじめて、どこへ向かっているか考えもせずに歩きつづけた。結局その日は、いままで気づきもしなかった多くのものを目にすることになった。

二十分ごとに電話ボックスに入ってヴァージニア・スティルマンの番号にかけた。今日も昨夜と同じだった。いまではもう、話し中のトーンが聞こえてくるのをはじめから待っていた。もはやそれを聞いても苦にならなかった。いまやそのトーンが、クインの歩みの対位旋律になっていた。都市のランダムな雑音の内側で、規則正しく打ちつづけるメトロノーム。番号をダイヤルするたびに、音がつねにそこで待っていて、その否定において決して揺るがないと思うと、ある種の慰めを感じることができた。それは発話を、発話の可能性を、心臓の鼓動に等しい執拗《しつよう》さをもって打ち消していた。スティルマン夫妻はいまや彼から隔てられている。それでも自分はまだ努力をやめていないのだと思うと、良心の呵責《かしゃく》も和らいだ。彼らがクインをいかなる闇《やみ》に引き入れようとしているにせよ、クインの方はまだ彼らを見捨てていないのだ。

ブロードウェイを七二丁目まで歩いていき、東に曲がってセントラルパーク・ウェストまで行って、公園ぞいを五九丁目とコロンブス像の角へ下っていった。そこからふたたび東に曲がって、セントラルパーク・サウスをマディソン・アベニューまで行き、そこから右へ折れて、ダウンタウン方向へグランドセントラル駅まで行った。何ブロックかあてずっぽうにぐるぐる回ってから、南へ一キロ半ばかり進んで、ブロードウェイと五番街が二三丁目で交わる地点に来て立ちどまってフラットアイアン・ビルを眺め、それから針路を変えて西へ向かい、七番街まで行ってから左に折れて、さらにダウンタウン方向へ下りていった。シェリダン・スクウェアでふたたび東へ曲がり、ウェイヴァァリー・プレースをぶらぶら下って六番街を渡り、そのままワシントン広場へ行った。アーチをくぐって、人ごみのなかを南へ進みながらしばし立ちどまり、大道芸人が電柱と木の幹とに渡したゆるいロープの上で芸を演じるのを見物した。それからダウンタウン東側で公園を出て、緑の芝が切れぎれに広がる大学の集合住宅を抜けて、ハウストン・ストリートで右へ曲がった。ウェスト・ブロードウェイでもう一度、今度は左へ曲がって、そのままキャナルまで行った。ここで右へそれて、町なかの小さな公園を通ってまた折り返してヴァリック・ストリートに出て、かつて住んでいた六番地の前を通り、ふたたび南に下って、もう一度ウェスト・ブロードウェイに戻った。ウェスト・ブロードウェイぞいに世界貿易センターまで行って、一方のタワーのロビーに入り、今日十三回目の電話をかけた。何か食べることにして一階のファストフード店のひとつに入って、ゆっくりサンドイッチを食べながら赤いノートにしばらく書いた。それからまた東へ歩いて、金融街の狭い街路をぶらぶら抜けて、さらに南へ下った。ボウリング・グリーンに出ると海が見え、真昼の光のなか、頭上でカモメたちが体を傾けて飛んでいるのが見えた。一瞬、スタテン島フェリーに乗ろうかと考えたが、思い直して北へ歩き出した。フルトン・ストリートで右に折れ、イースト・ブロードウェイぞいに北東へ向かい、ロウアー・イーストサイドの澱《よど》んだ空気を抜けてチャイナタウンに足を踏み入れた。そこからバウアリーに入って、一四丁目まで行った。左へ折れてユニオン・スクウェアを通り抜け、パークアベニュー・サウスをアップタウン方向へ進んだ。二三丁目を経てさらに北へ行き、何ブロックかしてふたたび右に曲がって、一ブロック東へ行って、しばらく三番街を北へ上がっていった。三二丁目で右に曲がり、二番街に出て、左に折れ、アップタウン方向へさらに三ブロック行き、それから、これを最後と右に曲がり、一番街に出た。そこから残り七ブロックを歩き国連ビルまで行って、ここで一休みすることにした。プラザの石のベンチに腰かけて大きく息を吸い、空気と光に包まれるのを感じながら、目を閉じて体の力を抜いた。それから赤いノートを開いて、聾唖者《ろうあしゃ》のボールペンをポケットから出し、新しいページに書きはじめた。

赤いノートを買って以来初めて、その日書いたことはスティルマン事件と何の関係もなかった。それはもっぱら、歩いているあいだに見たものたちをめぐる文章だった。クインは自分が何をやっているのか考えもせず、いつにないこの行為の含意は何なのかと分析したりもしなかった。事実を記録しておきたいという欲求が彼を捉《とら》えていた。忘れてしまう前に書き留めておきたかった。

今日は、いままでとは違う――浮浪者、落伍者《らくごしゃ》、ショッピングバッグ・レディ、流れ者、酔払い。単に金に困っているだけの人から、どうしようもなく壊れてしまった人まで。どこを向いても、彼らはそこにいる。高級な界隈《かいわい》でも、荒れた界隈でも。

一応のプライドを保って物乞《ものご》いをする連中。これこれの金をくれ、そうしたら俺もじきあんたたちの仲間に戻って毎日元気に飛び回るから、そう彼らは言っているように見える。浮浪者の境遇から抜け出るのをすっかりあきらめた連中もいる。帽子かカップか箱を置いて歩道にだらしなく寝そべり、通行人が来ても顔を上げず、コインを恵んでくれた人に礼を言う気力もない。またある者たちは、与えられた金に見合うだけの仕事をしようとする。盲目の鉛筆売り、人の車のフロントガラスを洗うアル中。物語を語る者もいる。たいていは自分の人生の悲惨な物語だ――受けた親切のお返しに、言葉の上だけではあれ相手に何かを与えようと。

本物の才能の持ち主もいる。たとえば今日見た黒人の老人は、タップダンスをしながら煙草の投げ物芸をやっていた。明らかにかつては寄席《よせ》芸人だったのだろう、紫のスーツに緑のシャツを着て黄色いタイを締め、いまだ威厳を失わず、口にはいまもすっかり忘れてはいない舞台用の笑みが貼《は》りついている。チョークで舗道に絵を描く者やミュージシャンもいる。サキソフォン、エレキギター、バイオリン。時おり天才にも出くわす。今日見た男のように――

年齢不詳のクラリネット吹き。顔は帽子で隠れてよく見えない。蛇使いの要領で歩道にあぐらをかいて座っている。目の前にはぜんまい仕掛けの猿が二匹いて、一匹はタンバリンを持ち一匹は太鼓を抱えている。一方が振り、一方が叩いて、不気味な、かつ精緻《せいち》なシンコペーションをつくり上げるなか、男は細かい変奏を即興でえんえんくり出していく。体はこわばった感じに前後に揺れ、猿たちのリズムを生々しく真似《まね》ている。颯爽《さっそう》と、粋《いき》に男は演奏し、切れのいい音の輪を短調で描いていく。機械仕掛けの友だちと一緒にいるだけで満足なのか、自分でつくり出した宇宙のなかにこもって、一度も顔を上げない。音楽ははてしなく続き、いつも最後は同じところに戻ってくるのだが、長く聴いていればいるほど去りがたくなるのだった。

あの音楽のなかにいること、あの反復の輪のなかに引き入れられること。おそらくあそここそ、人がついに消えうる場だ。

だが乞食《こじき》と芸人は、浮浪人口のごく一部にすぎない。彼らはいわば貴族階級、墜《お》ちた者たちのなかのエリートである。それよりずっと多いのは、何もすることのない、どこにも行くところのない連中だ。多くは酔払いだが、その呼び名は彼らが体現している荒廃を伝えはしない。襤褸《ぼろ》に身を包んだ絶望の塊。顔は打ち傷だらけ、血が流れ、鎖につながれたみたいに足を引きずって街を歩いている。建物の戸口で眠り、車の流れのなかを無謀にもよたよた歩き、歩道にくずれおちる。ひとたび探してみればいたるところにいる。ある者は餓死するだろう。ある者は凍えて死ぬだろう。またある者は殴られ火を点けられ虐待《ぎゃくたい》されて死ぬだろう。

こうした地獄に堕ちた者が一人いるたびに、おのれの狂気のなかに閉じ込められた人間がかならず何人かいる。身体の境界に立ちはだかる世界へ、出ていけずにいる者たち。彼らはそこにいるように見えても、そこに存在している人間の数に入れることはできない。たとえば、どこへ行くにもドラムのスティック一組を持っていく男。無茶苦茶な、ナンセンスなリズムで舗道を叩きながら、不自然に体を曲げて進み、セメントの路面をひたすらガンガンガンガン打ちつづける。もしかしたら、自分では重要な仕事をしているつもりなのかもしれない。自分がこれをやらなかったら都市が崩壊すると思っているのかもしれない。月が軌道から飛び出て地球に激突するのかもしれない。独り言を言う者、ぶつぶつ呟《つぶや》く者、金切り声を上げる者、悪態をつく者、うめく者、あたかも他人に話すかのように自分に物語を語る者。今日見た男は、グランドセントラルの駅前にゴミの山のように座り込み、群衆が前をあわただしく過ぎていくのをよそに、パニックに染まった大声で言っていた——「第三海兵隊……蜂《はち》を食べる……蜂どもが俺の口から這《は》い出てくる」。あるいは、見えない話し相手に向かって叫んでいた女――「あたしゃやりたくないんだ文句あるか！　あたしゃやりたくないんだ文句あるか！」

ショッピングバッグを提げた女たち、段ボール箱を抱えた男たちが、全財産を抱えて、あたかも自分がどこにいるかに意味があるかのように、あっちからこっちへはてしなく動きつづけている。アメリカの国旗で体をくるんだ男がいる。ハロウィーンのお面をかぶった女がいる。見るも無残なコートを着て、靴も襤褸切れでくるんだ男が、ハンガーに掛かった、完璧《かんぺき》にアイロンをかけたワイシャツを――クリーニング店のビニール袋もそのままで――持ち歩いている。ビジネススーツを着て、足は裸足《はだし》、頭にフットボールのヘルメットをかぶった男。頭から爪先《つまさき》まで服一面に大統領選挙のキャンペーン・バッジをつけている女。顔を両手にうずめて、ヒステリックに泣きながら何度も言っている男――「ああ、ああ。あいつは死んだ。あいつは死んでない。ああ、ああ。あいつは死んだ。あいつは死んでない」

　ボードレール――私はつねに、私がいまいない場所において幸福であるように思える。あるいは、もっと露骨に言えば――私がいまいないところがどこであれ、そここそ私がいまいる場なのだ。さらにまた、恐れずに言うなら——どこでもいい、この世界の外であるなら。

もう夕暮れが近かった。クインは赤いノートを閉じて、ボールペンをポケットにしまった。自分が書いたことについてもう少し考えてみたかったが、うまく頭が働かなかった。周りの空気は穏やかで、ほとんどかぐわしいくらいで、もはや街に属していないように思えた。クインはベンチから立ち上がって、両腕両脚をのばし、電話ボックスに歩いていって、もう一度ヴァージニア・スティルマンに電話した。それから夕食を食べに行った。

レストランのなかで、自分がひとつの決断に達したことをクインは悟った。知らないうちに、答えはすでにそこにあって、頭のなかですっかり形を成していた。話し中のトーンは、偶然の産物などではないことを彼は知った。それは合図だったのだ。それはいま、合図として、クインが事件とのつながりを切りたいと思ってもまだ切れはしないことを伝えている。もう自分は降りる、と伝えるためにクインはヴァージニア・スティルマンに連絡を取ろうとしていたわけだが、運命はそれを許さなかったのだ。クインはしばしこの点について考えてみた。「運命《フェイト》」というのは本当に自分が言わんとしていることを指す言葉だろうか？　何だかひどく仰々しい、古めかしい言い方ではあるまいか。とはいえ、さらに深く掘り下げていくにつれて、それこそが正確に自分の言わんとしていることだとクインは悟った。正確に、というのは言い過ぎだとしても、思いつくほかのどの言葉よりも真相に近い。ただあるもの、たまたまあるもの、という意味においての運命。それは"it is raining" "it is night"と言うときの"it"が指すものに似ている。その"it"が何を指すのか、クインはこれまでずっとわかったためしがなかった。あるがままの物たちの全般的状況、とでもいうか。世界のさまざまな出来事が生じるその土台であるところの、物事があるという状態。それ以上具体的には言えない。でもそもそも、自分は具体的なものなど探し求めていないのかもしれない。

　ということで、運命。運命についてクインがどう思おうと、いくらそれがもっと違っていたものだったらと願おうと、彼にはどうしようもない。自分はひとつの誘いにイエスと答えたのであり、いまさらそのイエスをなしにはできない。とすれば結論はひとつ——最後までやり通すしかない。二つの答えはありえない。これか、あれか。好むと好まざるとにかかわらず、これで行くしかない。

　オースターに関しては、明らかに間違いだったのだ。あるいは昔ニューヨークにそういう名の探偵がいたのかもしれない。ピーターの看護師の夫は退職警官である。もう若くはない。きっと彼が若かったころにオースターという名の評判のいい探偵がいたのだろう。それで、探偵を紹介しろと言われて、ごく自然に彼のことを思いついたにちがいない。そして電話帳を調べて、その名の人物が一人しかいないのを見て、これがそうだと決めて、番号をスティルマン夫妻に伝えたのだ。その時点で、第二の間違いが生じた。回線が混乱し、なぜかクインの番号とオースターの番号が入れ替わってしまった。その手のことは毎日起きている。こうしてクインが電話を、そもそものはじめから人違いだった電話を受けるに至ったわけである。これで完璧に説明がつく。

ひとつだけ問題が残った。ヴァージニア・スティルマンと連絡が取れないのなら——あるいは、クインが考えているとおり、連絡を禁じられている、、、、、、のなら——今後はどう進めればいいのか？　クインの仕事はピーターを護《まも》ること、ピーターに危害が及ばぬようにすることである。それさえ果たせれば、ヴァージニア・スティルマンに自分の行動をどう思われようと関係ないのでは？　たしかに、探偵は依頼主と密接に連絡を保つのが理想である。それが一貫してマックス・ワークの基本方針でもあった。だがそれは本当に必要なのか？　自分がきちんと務めを果たすかぎり、どちらでもいいのではないか？　もし何らかの誤解が生じたとしても、事件が終わってから対応すれば済むことだ。

　したがって、ここは自分の好きなようにことを進めてよいだろう。もはやヴァージニア・スティルマンに電話をする必要もあるまい。あの神託のごとき話し中トーンとは、きっぱり縁を切っていいのだ。これからは何ものもクインを止められはしない。クインの知らぬ間にスティルマンがピーターに接近することなど、絶対ありえない。

　クインは勘定を払い、メンソール付きの爪楊枝《つまようじ》を口にくわえて、ふたたび歩き出した。大した道のりではない。途中、二十四時間営業のシティバンクに寄って、機械で残高を調べた。口座にはあと三四九ドル残っていた。クインは三百ドルを引き出し、現金をポケットに入れて、さらにアップタウンへ歩いていった。五七丁目で左に曲がってパーク・アベニューへ行き、そこから右に曲がって六九丁目まで北上して、スティルマン家の住むブロックに入っていった。建物は最初の日と変わっていないように見えた。スティルマン夫妻のアパートメントに明かりが点《つ》いていないかと見上げてみたが、どれが彼らの窓だか思い出せなかった。通りはひっそり静まり返っていた。車は一台も走っていないし、人も一人として通りかからなかった。クインは道路を反対側に渡って、狭い裏道に居場所を定め、夜を過ごす態勢に入った。

12

長い時間が過ぎた。正確にどれくらいの長さだったかは、何とも言えない。数週間は間違いないし、ひょっとしたら数か月に及んだかもしれない。この時期に関する記述は、著者としては不本意に具体性を欠いたものにならざるをえない。だが情報は乏しいのであって、はっきり確認を得られぬものに関しては黙過することを著者は選んだのである。この物語が全面的に事実に基づいているからには、検証可能という一線を越えないこと、創作が混入する危険に極力抗《あらが》うことを著者は己の義務と考える。赤いノートにしても、これまではクインの体験の詳細な記述をもたらしてくれたわけだが、これ以後は疑問視せざるをえない。この時期クインの身に何が起きたのか、確かなことは何も言えない。この時点以降、クインは現実の把握を失っていくからである。

大半の時間、クインは路地にとどまっていた。いったん慣れてしまえば不快ではなかったし、何と言っても人目につかないのが強味だった。ここからなら、誰にも見られずにスティルマン家のある建物への出入りが観察できる。誰が出ていくにしろ入っていくにしろ、一人も見逃さない。はじめのうち、ヴァージニアもピーターも姿を見せないことにクインは驚いてしまった。だが配達の人間はひっきりなしに出入りしていたから、夫妻が建物から出る必要はかならずしもないことをクインはやがて悟った。欲しければ何でも届けてもらえる。そのときクインは理解した。彼らもやはり耐えているのだ。アパートメントのなかで、事件が終わるのを待っているのだ。

だんだんと、クインは新しい生活になじんでいった。直面すべき問題はいくつかあったが、それらも一つひとつ解決していった。まず何より、食料の問題があった。最大限の見張りを任とする身として、少しでもまとまった時間、持ち場を離れるのは気が進まなかった。自分がいないあいだに何かが起きるかもしれないと思うと居ても立ってもいられず、危険を最小にすべく精一杯知恵を絞った。以前どこかで、午前三時半から四時半のあいだはほかのどの時間帯よりも寝床に入っている人が多いという話をクインは読んだことがあった。統計的に見て、何も起きない確率はその時間が一番高いわけであり、クインもそこを買物時間に選んだ。レキシントン・アベニューの、北へさして行かないあたりに終夜営業の食料品店があって、毎朝三時半に（運動のため、時間節約のために速足で）そこまで歩いていき、その後の二十四時間に必要なものを買った。やってみると、大した量は要らないことがわかったし、時が経《た》つにつれてそれもますます少なくなっていった。食べることがかならずしも食料問題の解決につながるとはかぎらないことをクインは学んだのである。食事とは、次の食事の不可避性に対する脆弱《ぜいじゃく》な防衛でしかない。食料それ自体は、食料問題の解決には決してならない。食料は単に、問題を真剣に検討せざるをえない時期を遅らせるだけだ。したがって最大の危険は、むしろ食べすぎることである。摂《と》るべき以上を摂取すれば、次の食事への食欲は増し、満足を得るためにはより多くの食料が必要になってしまう。自分自身を厳重に、たえず見張ることによって、クインはそうした流れを徐々に逆方向へ持っていけるようになった。彼の野望はできるかぎり食べないことであり、まさにそれによって空腹を食い止めることだった。世が世なら、絶対のゼロに近づくことも夢ではなかったかもしれないが、目下の状況ではあまり目標を高く設定するのもまずかろうと思った。全面的な絶食はあくまで理念として、希求はできても到達はできない完璧《かんぺき》な理想として頭に置くにとどめた。餓死することは望みではない（そのことは毎日自分に言い聞かせた）。望みはひとえに、自分にとって真に重要な事柄を考える自由を確保しておくことである。具体的には目下それは、事件をつねに頭の最上位に保つこと。幸い、これは彼のもうひとつの大きな野望とも抵触しなかった。すなわち、三百ドルをできるだけ長持ちさせること。この時期、クインが相当の体重を失ったことは言うまでもない。

第二の問題は睡眠だった。一日じゅう起きていることは不可能だが、実のところ事態はまさにそれを要求している。ここでもやはり、妥協を強いられることになった。食べるのと同じで、眠りもこれまでより少なく済ませられるはずだとクインは思った。いままでのように六時間から八時間眠るのをやめて、三、四時間に限ることにした。これに慣れるのは大変だったが、もっとずっと大変だったのは、最大限の見張りを維持するためにその三、四時間をどう配分するかという問題だった。明らかに、三、四時間続けて眠るのは論外である。どう考えても危険が大きすぎる。理論的には、五、六分ごとに三十秒眠るのがもっとも効率的な時間分配だろう。これなら何かを見逃す確率をほとんどゼロにできるが、肉体的にはさすがに不可能だ。一方で、この不可能を一種のモデルに据えて、短い睡眠をいくつもとれるようになろうとクインは自分を訓練した。なるべく頻繁に、眠りと覚醒《かくせい》を行ったり来たりできるようになろうとしたのである。それは長い苦闘だった。実験が長くなればなるほど疲れも増していき、自制と集中が必要だった。はじめのうちは、四十五分ごとに眠るというサイクルでやってみて、徐々にそれを三十分まで縮めていって、しまいには十五分ごとのサイクルもまずまずの確実さで実行できるようになった。そばに教会があって、十五分ごとに鐘が鳴るのにも助けられた。毎時十五分には一回、三十分に二回、四十五分に三回、そして毎時零分には四回、これにそれぞれ、五時なら五回、六時なら六回、と時数が加わる。クインはこの時計のリズムに従って暮らし、やがてはそのリズムと自分の脈拍との区別もつけ難くなっていった。午前零時にサイクルを開始し、目を閉じて、鐘が十二時を打ち終える前にはもう眠りに落ちる。そして十五分後に目覚めて、三十分の二回の鐘とともに眠りに落ち、四十五分の三回の鐘でふたたび目覚める。三時半に食料を買いに行き、四時に戻ってきて、ふたたび眠る。この時期、クインはろくに夢を見なかった。たまに見る夢はどれも奇妙だった。ごく身近なものの、つかのまの幻影――自分の手、靴、かたわらの煉瓦《れんが》の壁。そしてまた、くたくたに疲れていない瞬間も一瞬としてなかった。

第三の問題は雨風をしのぐことだったが、これは第一、第二の問題より楽に解決できた。幸い暖かい天気が続いたし、晩春が夏へ移っていくなか、雨もめったに降らなかった。時おりにわか雨には見舞われたし、一度か二度、雷や稲妻を伴う土砂降りもあったが、全般的にはまずまず悪くなかった。自分の幸運を、クインはいつもつくづくありがたく思った。路地の奥に大きな金属のゴミバケツがあって、夜中に雨が降るたびにそこへもぐり込んで雨をしのいだ。中の臭《にお》いはすさまじく、服に染《し》みついて何日も消えなかったが、それでも濡《ぬ》れるよりましだと割りきった。風邪をひいたり病気になったりしては元も子もない。うまい具合に蓋《ふた》が歪《ゆが》んでいてぴったり収まらず、角に十五センチか二十センチくらいのすきまがあり、これが一種の空気穴になってくれて、そこから鼻をつき出して夜の空気を吸った。中のゴミの上に両膝《りょうひざ》をついて身を起こし、バケツの側面に寄りかかることで、それなりに快適に過ごせた。

晴れた夜には、バケツの下にもぐり込んで、目を開けた瞬間にまずスティルマン夫妻の建物の入口が見える位置に頭を据えて眠った。小用に関してはたいてい路地の奥、バケツの陰に入って表通りに背を向けて済ませた。大の方は話が別で、こっちは人から見られぬようバケツのなかで行なった。その横にはプラスチック製のゴミバケツもいくつかあり、たいていはまずまず綺麗《きれい》な新聞を確保できたが、一度だけやむをえず赤いノートから一ページ破りとったこともあった。体を洗う、髭《ひげ》を剃《そ》る、この二点に関しては、その他多くのことと同様、なしで済ますことを学んだ。

この期間、クインがどうやって身を隠しおおせたかは謎《なぞ》である。どうやら誰にも発見されなかったようだし、当局に通報した人もいなかった。明らかにクインは、ゴミ収集人の時間帯もいち早く把握して、彼らが来るときは路地から姿を消すよう努めていたと思われる。毎晩金属製、プラスチック製バケツにゴミを入れていく建物管理人についても同様である。信じがたいことに思えるが、誰一人クインの存在を気にとめなかったのである。あたかも彼が、都市の壁のなかに溶けてしまったかのように。

住環境を整え、肉体的に生活を維持することに、毎日一定の時間が割かれた。とはいえ、概して時間はたっぷり残った。誰にも見られたくなかったから、他人は極力避けねばならず、ゆえに他人を見ることも他人に話しかけることもできず、他人について考えることもできなかった。昔から自分は独りでいるのが好きな人間だとは思っていたし、この五年間は進んでそうしてもいた。だがこうして、路地の暮らしを営んでいくことで、本当の孤独とはどういうものかをクインは知った。もはや自分以外、誰一人頼れる者はいない。路地で過ごした日々に為《な》したさまざまな発見のうち、これだけは疑いなかった――自分が落ちていきつつある、ということ。が、そんなクインにもわからなかったのは、落ちつつあるのなら、どうやってその落ちる自分をつかまえることができるのか？という点だった。上と下に同時にいることは可能か？　それは筋が通らぬ話のように思えた。

何時間も、空を見上げて過ごした。バケツと壁にはさまれた定位置からは、ほかに見るものもほとんどなかったし、日々が過ぎていくにつれて、頭上の世界を愉《たの》しむようになっていった。何よりもまず、空が絶対に静止していないことをクインは知った。雲のない、一面青空が広がっているように見える日でも、小さな変化やゆるやかな乱れはつねに生じている。空の色は刻々薄まったり濃くなったりしているし、飛行機や鳥や紙切れの白さが突如入り込んできたりもする。雲が出れば情景はいっそう複雑になり、クインは何日もの午後、それらの雲を観察して過ごし、その生態を知ろうと努め、今後の動きを予測できないか考えた。巻雲《けんうん》、積雲、層雲、乱層雲、そしてそれらのさまざまな組み合わせを熟知していき、それぞれが入れ替わり現われるのを待ち構えて、それによって空がどう変わるかをつぶさに眺めた。雲においてもやはり色が問題となった。黒から白まで、無限に種類のある灰色を中間にはさんで、考察すべき対象は広範に及び、これら一つひとつを調査し、測定し、解読する必要があった。それに加えて、一日に何度か、太陽と雲とが相互に影響しあう際に生じるもろもろのパステルカラーもある。変数の範囲は広大であり、それぞれの大気圏における温度、空に出ている雲のタイプ、その瞬間の太陽の位置などに左右された。こうした種々の要素から、クインがひどく気に入っているさまざまな赤やピンクも生じたのだし、紫や朱、オレンジやラベンダー、金色、鳥の羽根のような柿色《かきいろ》が生じた。どのひとつも長くは続かなかった。どの色もじきに散って、ほかの色と混じりあい、よそへ移動し、夜の訪れとともに消えていった。ほとんどいつも風が吹いて、こうした推移を速めていた。路地裏の定位置からそれを体感できることはめったになかったが、風が雲に及ぼす影響を見ることによって、その強さ、それが運んでいる空気の質などを推測できた。晴天から嵐《あらし》まで、薄闇《うすやみ》からまばゆい光まで、あらゆる種類の天候がクインの頭上を過ぎていった。観察すべき夜明けと夕暮れがあり、日中のさまざまな変容があり、宵の口があり夜があった。黒さに包まれているときでさえ、空は静止していなかった。雲が闇を漂っていき、月ははてしなく形を変え、風は吹きつづけた。時おり、定位置から見える空の一画にも星が迷い込んできて、クインはそれを仰ぎ見ながら、あの星はいまもあそこにあるのだろうか、それともとっくの昔に燃えつきてしまったのだろうかと自問するのだった。

こうして日々は過ぎていった。スティルマンは現われなかった。クインの金はとうとう底をついた。しばらく前から、この瞬間に向けて覚悟はしていたし、最後の方になると、狂気に近い厳重さをもって資金を手放さぬよう努めていた。一セント一セント、必要と思えるものが本当に必要なのかをまず検討し、そこから生じるプラスマイナス両方の波紋を考察することなしには絶対に使わなかった。けれども、どれだけ厳しく切り詰めたところで、不可避の事態の進行を止めることはできなかった。

八月なかばのある時点で、もうこれ以上やって行けないことをクインは思い知った。この八月なかばという日にちに関し著者は入念な調査を重ねてきたが、これが七月末に、もしくは九月初旬に起きたという可能性も捨て去ることはできない。この種の情報収集に関しては、どうしてもある程度の誤差を想定せざるをえないのである。けれども、判明したかぎりのあらゆる証拠を慎重に吟味し、見かけ上の矛盾をふるいにかけた結果、著者は以下に述べる出来事を、八月の十二日から二十五日のあいだに起きたものと推定するに至った。

クインはいまやほとんど無一文だった。小銭が何枚かあったが、全部合わせても一ドルに満たなかった。留守にしていたあいだに金が届いているはずだ、とクインは考えた。郵便局の私書箱へ行って小切手を回収し、銀行へ持っていって現金化すればいい。順調に行けば三、四時間で戻ってこられるだろう。持ち場を離れねばならないことに対しクインが感じた苦悩については、我々には知る由《よし》もない。

バスに乗る金もなかったので、何週間ぶりかに歩きはじめた。ある地点から次の地点へと一歩一歩移っていき、両腕を前後に振り、靴底に舗道を感じる。ふたたび両足で歩くのは妙な気分だった。それでも彼は六九丁目を西へ進み、マディソン・アベニューで右へ曲がって、北へのぼっていった。脚に力が入らず、頭も空気でできているみたいに感じられた。途中何度も立ちどまって一息つかねばならなかったし、一度など、危うく転びそうになって街灯にしがみついた。足をなるべく上げない方がいいことがわかったので、引きずるようにして、ゆっくり、滑るように歩いていった。このようにして、交差点を渡る力を温存した。交差点の縁石に来るたび、その上り下りの前後にも、転ばぬよう注意深くバランスをとらねばならなかったのである。

八四丁目で、ある店の前でつかのま立ちどまった。店の表に鏡があって、見張りを開始して以来初めてクインは自分を見た。べつに自身の鏡像に向きあうことを恐れていたわけではない。ただ単に、そんなことは思いつきもしなかっただけだ。仕事のことで頭が一杯で、自分自身になど気が回らなかったし、己の見かけなどという問題はいつしか存在しなくなっていたのだ。そしていま、店の鏡に映った自分を見ても、ショックも失望も感じなかった。何の感慨もなかった。なぜなら、そこに見えている人物を、クインは自分自身として認識しなかったのである。見知らぬ他人が鏡に見えたと思って、誰なのかとっさにふり向いてみた。だがあたりには誰もいなかった。そこで前に向き直って、鏡をもっと丹念に眺めた。目、鼻、口、と眼前の顔を細かく観察してみて、この人物が、これまでずっとクインが自分自身と考えてきた男とそれなりに似ていることが薄々見えてきた。そう、おそらくこれは自分なのだ。だがそれでもまだ、心が乱れはしなかった。あまりに劇的な変容に、魅了されずにはいられなかったのである。クインは浮浪者になり果てていた。服は変色し、無残に乱れ、汚穢《おわい》に包まれていた。顔をもじゃもじゃに覆《おお》う黒い髭には、あちこち小さな灰色の点が混じっている。髪は長く伸びて、くしゃくしゃにもつれ、耳のうしろで房と化し、先端はくねくねうねって肩近くまで垂れていた。何よりもまず、その姿はクインにロビンソン・クルーソーを思い起こさせた。こうした変化が自分のなかで生じたその速さに驚かずにはいられなかった。ほんの何か月かで、自分は別人になってしまったのだ。かつての自分を思い出そうとしてみたが、うまく行かなかった。この新しいクインを見て、クインは肩をすくめた。どうでもいいことだ。かつてはある人物で、いまは別の人物になった、それだけのことだ。よくも悪くもなっていない。違っているというだけの話なのだ。

アップタウンへ向かってさらに何ブロックか歩いてから、左に曲がって五番街を渡り、セントラル・パークの壁ぞいを歩いていった。九六丁目で公園に入った。草木に囲まれるのは気持ちがよかった。もう夏も終わり近く、緑はあらかた褪《あ》せていたし、あちこちで茶色い、埃《ほこり》っぽい地面が露出していた。だが頭上の木々にはまだ葉が生い茂り、いたるところで光と影がきらめいて、クインにはそれが奇跡のように美しく見えた。時刻は午前もなかばを過ぎたあたりで、午後の重苦しい暑さはまだ数時間先のことだった。

公園を半分くらい来たあたりで、休みたいという欲求に襲われた。ここには道路もなく、進み具合を測る四つ角もない。ふと、もう何時間も歩いているような気になった。公園の向こう端まで着くには、根気よく徒歩を続けてもあと一日か二日かかる気がした。クインはさらに何分か歩きつづけたが、とうとう脚が音《ね》を上げた。立っている場所からさして遠くないところにナラの木が一本あったので、それを目指して、夜通し飲んでいた酔払いが寝床へ向かうようにふらふらと歩いていった。赤いノートを枕《まくら》にして、木のすぐ北側の草の盛り上がりに横たわり、眠りに落ちた。途切れなしに眠るのは何か月ぶりかだった。クインは翌朝まで目覚めなかった。

腕時計は九時半を指していた。失った時間を考えると、ぞっとする思いだった。クインは立ち上がり、西へ向かってゆっくり大股《おおまた》に歩いていった。力が戻ってきていることには驚いたが、そのために無駄にした数時間を思うと自分を罵倒《ばとう》せずにいられなかった。嘆きの念は消えなかった。これ以後何をしようと、もうつねに手遅れなのだという気がした。百年走りつづけたところで、帰りついたらちょうどドアは閉まりかけているだろう。

九六丁目で公園を出て、さらに西へ進んだ。コロンブス・アベニューの角に電話ボックスが見えたところで、突然オースターと五百ドルの小切手のことを思い出した。いまあの金を受けとれば時間の節約になるのではないか。まっすぐオースターの住居に行って、金をポケットに入れれば、わざわざ郵便局と銀行に行かずに済む。でもオースターは手元に現金を持っているだろうか？　もし持っていなかったら、オースターの使っている銀行で待ちあわせてもいいかもしれない。ボックスに入って、ポケットを探り、残った金を引っぱり出した。十セント貨二枚、二十五セント貨一枚、一セント貨八枚。番号案内にかけてオースターの番号を教わり、返却口に落ちた十セント貨を取り戻し、もう一度それを入れてダイヤルした。三回目の呼び出し音でオースターが出た。

「クインです」とクインは言った。

向こう側からうめき声が聞こえた。「あんた、いったいどこに隠れてたんだ？」。オースターの声には苛立《いらだ》ちがこもっていた。「何度も何度も電話したんだぞ」

「忙しかったんですよ。事件に取り組んでいたから」

「事件？」

「事件ですよ。スティルマン事件。覚えてます？」

「もちろん覚えてるさ」

「お電話したのもそれが理由なんです。あのお金、取りに伺いたいんです。五百ドル」

「あの金って？」

「小切手ですよ、覚えてます？　あなたに渡した小切手です。ポール・オースターが受取人の」

「もちろん覚えてる。でも金はないよ。こっちもそのことでずっとあんたに電話してたんだ」

「あんたにあの金を使う権利はないぞ」とクインは、にわかにカッとなって叫んだ。

「あれは俺の金だったんだ」

「使ってなんかいない。小切手は戻ってきたんだ」

「信じられんね」

「嘘《うそ》だと思うならここへ来て、銀行からの手紙を見るがいい。いまも机の上に載っているよ。不渡り小切手だったのさ」

「そんな馬鹿《ばか》な」

「ああ、馬鹿げた話さ。でもいまとなってはどうでもいいことだ――そうだろう？」

「どうでもよくあるもんか。事件の調査を続けるのに金が要るんだ」

「だってもう事件なんてないじゃないか。すべて終わったじゃないか」

「何の話だ、いったい？」

「あんたのしてるのと同じ話さ。スティルマン事件だよ」

「でもどういう意味だ、『終わった』って？　俺はいまも取り組んでるんだぞ、あの事件に」

「信じられないな」

「おい、謎《なぞ》めいた言い方はよせ。何の話か、さっぱりわからないぞ」

「あんたほんとに知らないのか？　信じられんな。ずっとどこにいたんだ？　新聞、読まないのか？」

「新聞がどうした？　さっさとはっきり言え。こっちは新聞なんか読む暇はないいんだ」

向こう側に沈黙が広がった。一瞬クインは、会話はもう終わったのだ、なぜか自分は眠ってしまってたったいま目が覚めたら手に受話器を持っていたのだ、そう思った。

「スティルマンはブルックリン橋から飛び降りた」とオースターは言った。「二月《ふたつき》半前に自殺したんだ」

「嘘だろう」

「どの新聞にも出ていたよ。自分で確かめてみればいい」

クインは何も言わなかった。

「あんたが探してたスティルマンだよ」とオースターはさらに言った。「昔コロンビアの教授だったスティルマン。水に落ちるより前に、空中で死んだっていう話だ」

「じゃあピーターは？　ピーターはどうなった？」

「見当もつかないね」

「誰か知ってる人間はいるのか？」

「何とも言えないね。それは自分で調べてもらわないと」

「うん、そうだね」とクインは言った。

それから、オースターに挨拶《あいさつ》もせずに電話を切った。もう一枚の十セント貨を使って、ヴァージニア・スティルマンにかけてみた。番号はいまも空で覚えていた。

機械の声が番号をクインに伝え、この番号はもう使用されていませんと告げた。そして声は同じメッセージをくり返し、電話が切れた。

　自分がどういう気持ちなのか、クインにはよくわからなかった。はじめしばらくは、何も感じていないような、何もかもが無に帰したような気がした。考えるのはあと回しにすることにした。そういう時間は今後いくらでもあると思った。いま唯一《ゆいいつ》大事なのは、帰ることだと思えた。自分のアパートメントに帰って、服を脱いで、熱い風呂《ふろ》に入る。それから新しい雑誌をパラパラ眺めて、レコードを何枚かかけて、掃除も少しやる。そこまで行って、その気になったら考えはじめればいい。

　一〇七丁目まで歩いて帰った。鍵《かぎ》はまだポケットに入っていた。建物玄関のドアを開けて、自分のアパートメントまで三階分の階段をのぼっていくと、ほとんど幸福を感じた。だがアパートメントに足を踏み入れたとたん、それも終わった。

　何もかもが変わっていた。まったく別の場所に見えた。とっさに、間違ってよそのアパートメントに入ってしまったのだと思って、廊下に戻ってドアの番号を確かめた。いや、間違ってはいない。ここは自分のアパートメントであり、たったいまも自分の鍵でドアを開けたのだ。中へ入っていって、あたりを見回した。家具は並べ替えられていた。テーブルがあったところに、いまは椅子《いす》がある。ソファがあったところに、いまはテーブルがある。壁には新しい絵が掛かり、床には新しい敷物があった。そして自分の机は？　探したが見当たらなかった。家具をもっとよく見てみると、それはクインの家具ではなかった。最後に彼がここにいたときあった物たちはすべて取り払われていた。机も、本も、死んだ息子が描いた絵もなくなっていた。リビングルームを出てベッドルームに行ってみた。ベッドもタンスもなくなっていた。いまあるタンスの一番上の引き出しを開けてみた。女物の下着がごっちゃにいくつかの塊になって入っていた。パンティ、ブラジャー、スリップ。次の引き出しは女物のセーターが入っていた。クインはそれ以上先へは進まなかった。ベッドのそばのテーブルに、金髪の、肥満顔の若者の写真が額に入れて飾ってあった。もう一枚の写真にも同じ若者がニコニコ笑って写っていて、雪のなか、ぱっとしない若い女の体に腕を回していた。女もニコニコ笑っていた。二人の背後にはスキーのスロープがあって、肩にスキーを二本かついだ男がいて、青い冬空があった。

クインはリビングルームに戻って椅子に腰かけた。灰皿の上に、口紅のついた煙草《たばこ》の喫《す》いさしが一本載っていた。クインはそれに火を点《つ》けて、喫った。それからキッチンに入っていって、冷蔵庫を開け、オレンジジュースとパン一斤《きん》を見つけた。ジュースを飲んで、パンを三枚食べてからリビングに戻り、ふたたび椅子に腰かけた。十五分後、階段をのぼって来る足音と、ドアの外で鍵をじゃらじゃら鳴らす音が聞こえ、やがて写真に写っていた若い女が入ってきた。看護師の白衣を着ていて、茶色い買物袋を両腕に抱えていた。クインを見ると、女は袋を落として悲鳴を上げた。あるいはまず悲鳴を上げて、それから袋を落としたのかもしれない。クインにはどっちだかわからなかった。袋は床に衝突すると破れて開き、牛乳がゴボゴボと白い小川になって敷物の端の方へ流れていった。

クインは立ち上がり、片手を上げて敵意がないことを示し、心配しなくていい、と女に言った。あんたに危害を加えるつもりはない。どうしてあんたが私のアパートメントに住んでいるのか、それが知りたいだけなんだ。クインはポケットから鍵を取り出し、自分の誠意を証明しようとするかのように宙にかざした。納得させるまでにしばらく時間がかかったが、やっとのことで女のパニックは収まった。恐怖といっても、女はクインのことを信頼するようになったわけではなかったし、恐怖心も薄れてはいなかった。何か不穏なことになったらすぐ逃げ出せるようにと、開いたドアのそばにとどまっていた。クインとしてもことを荒立てる気はなかったから、一定の距離を保っていた。口は言葉をくり出しつづけ、あんたが住んでいるのは私のアパートメントなんだ、と何度も何度も説明した。女は明らかに、一言たりとも信じていなかった。単に頭のおかしい人間に調子を合わせて聞いているだけだった。喋《しゃべ》りたいだけ喋らせて、いずれ出ていくことを期待しているのだ。

「私、一か月前からここに住んでいるのよ」と女は言った。「ここは私のアパートメントよ。一年間の賃借権を持ってるのよ」

「じゃあどうして私が鍵を持ってる?」とクインは、もうこれで七回目か八回目になる質問をした。「これで納得できないか?」

「鍵を手に入れる手段なんていくらでもあるわ」

「君がここを借りたとき、誰か住んでるって言われなかったか?」

「作家だって言ってたわ。でも姿を消して、何か月も家賃を払ってなかったんだって」

「それが私さ!」とクインは叫んだ。「私がその作家だよ!」

女は冷たい目でクインを眺めわたし、声を上げて笑った。「作家? そんな馬鹿な話、聞いたことないわ。何よ、その格好。あんたみたいな悲惨ななりの人間、生まれて初めて見るわよ」

「最近ちょっと厄介事があったんだ」とクインは説明のつもりで呟《つぶや》いた。「だけどそれも一時的な話さ」

「大家さんが言ってたわよ、とにかくあんたがいなくなってよかったって。仕事に行かない住人は嫌なんだって。暖房はやたら使うし、設備の傷《いた》みも早いからって」

「私の物がどうなったか知ってるか？」

「物って？」

「本。家具。書類」

「知らないわよ。きっと売れるものは売ってあとは捨てたんでしょうよ。あたしが越してきたときは全部なくなってたわ」

クインは大きくため息をついた。これでもう彼は、自分という存在の果てまで来てしまったのだ。大いなる真理がついに訪れたかのように、そのことがひしひしと感じられた。もう何も残っていない。

「君にわかるかい、これがどういうことか？」とクインは訊《たず》ねた。

「はっきり言って、あたしにはどうでもいいわ」と女性は言った。「それはあんたの問題であって、あたしは関係ない。あたしはとにかく出ていってほしいだけよ。いますぐ。ここはあたしの住居なのよ。出ていってちょうだい。行かなかったら警察に電話して、逮捕してもらうわよ」

もうどうでもいいことだった。一日中ここでこの女とやりあっても、アパートメントは取り戻せまい。もう自分の住むところはなくなってしまったのだ。自分はいなくなってしまったのだ。何もかもなくなってしまったのだ。何か聞きとれない科白《せりふ》をクインは呟き、時間をとらせて悪かったと女に詫《わ》びて、彼女の横を通って部屋から出ていった。

13

何があろうともはやどうでもよくなったがゆえに、東六九丁目の玄関のドアが鍵《かぎ》なしで開いてもクインは驚かなかった。九階に上がって、廊下をスティルマン家のアパートメントまで歩いていってそのドアが開いていたときも驚かなかった。ましてや、アパートメントがもぬけの殻だったことにもクインは少しも驚かなかった。中は何もかも取り払われていて、部屋はすべて空っぽだった。どの部屋もそっくり同じに、木の床と、四つの白い壁があるだけ。そのことも取り立ててクインに感銘を与えはしなかった。もう疲れはてていて、目を閉じることしか考えられなかった。

奥の方の部屋のひとつに行ってみた。せいぜい縦三メートル、横二メートルの小さなスペースで、通気孔に面した網入りのガラス窓がひとつあるだけで、すべての部屋のなかでここが一番暗いように思えた。部屋にはもうひとつドアがあって、窓のない、トイレと洗面台のある小部屋に通じていた。クインは赤いノートを床に置いて、ポケットから聾啞者《ろうあしゃ》のボールペンを取り出してノートの上に放り投げた。それから腕時計を外して、ポケットに入れた。次に服を全部脱いで、窓を開け、一つひとつ吹き抜けに落としていった。まず右足の靴、次に左足の靴。一方の靴下、もう一方の靴下。シャツ、上着、パンツ、ズボン。それらが落下するのを見もしなかったし、どこに落ちたか確かめもしなかった。それから窓を閉じて、床の真ん中に横になり、眠りに落ちていった。

目が覚めると部屋は暗かった。どのくらい時間が経《た》ったのか、よくわからなかった。いまは同じ日の夜なのか、それとも次の日の夜なのか。夜などでは全然ないという可能性もあるな、とクインは思った。単に部屋の中が暗いだけで、表では、窓の向こうでは陽が照っているのかもしれない。少しのあいだ、起き上がって窓まで行って見てみようかと思ったが、どうでもいいことだと思い直した。もしいまが夜でなければ、やがてあとで夜が来るだけの話だ。それは間違いないことである。窓の外を見ようと見まいと答えは同じだ。その反面、ここニューヨークが事実夜だとするなら、どこかよそではきっと陽が照っているにちがいない。たとえば中国はいま午後なかばで、田んぼに出た人々が額の汗を拭《ぬぐ》っていることだろう。夜も昼も相対的な言葉でしかない。絶対的な状況を指し示しているわけではない。いついかなる瞬間も、つねに夜でもあり昼でもある。我々にそれがわからないのは、我々が同時に二つの場所にいられないからにすぎない。

クインはまた、起き上がって別の部屋に行ってみようかとも考えたが、いまここにいることに何の不満もないことに思いあたった。自分で選びとったこの場所はしごく快適であり、仰向《あおむ》けになって目を開けて天井を見ているのは――かりに見えたとしたら天井であろうものを見ているのは――気持ちがよかった。クインにとって、足りないものはひとつだけだった。それは、空だった。何日も何晩も外で過ごしてきたせいで、頭上に空がないことを自分が物足りなく思っていることにクインは思いあたった。だがいまは中にいるのであって、どの部屋に寝泊りすることを選ぼうと、空は隠れたままなのであり、視界の果てに目を向けても見えはしない。

いられなくなるまでここにいよう、とクインは思った。水道の水は出るから喉《のど》の渇きは癒《いや》せるし、それでしばらく時間は稼げる。いずれは腹が減って、食べざるをえなくなるだろう。だがもうずいぶん長いあいだ、極力欲しがらぬよう自分を鍛えてきたおかげで、そうなるのはまだ何日も先だとわかった。考えざるをえなくなるまでは考えないことにした。心配したってはじまらない。どうでもいいことで頭を煩《わずら》わせても意味はない。

物語がはじまる前に送っていた生活のことを、クインは考えてみようとした。これには多くの困難が伴った。いまではもう、遠い昔のことに思えたのだ。ウィリアム・ウィルソンの筆名で書いた一連の本のことをクインは思い出した。そんなことを自分がしたなんて不思議だった。なぜそんなことやったんだろう、といまのクインは考えた。胸の奥で、マックス・ワークが死んだことをクインは悟った。次の事件へ向かう途中のどこかで死んだのだ。同情する気にはなれなかった。いまとなっては、すべて取るに足らぬことに思えた。自分の机にクインは思いをはせ、そこで書いた数々の言葉を想《おも》った。自分のエージェントだった男に思いをはせ、男の名を思い出せないことに気がついた。いまやあまりに多くのものが消えていきつつあり、いちいち把握してはいられなかった。メッツのラインナップを守備位置の順にたどろうとしたが、考えがまとまらなくなってきていた。センターがムーキー・ウィルソンだということは覚えていた。有望な若手プレーヤーで、本名はウィリアム・ウィルソン。何とも興味深い事実ではないか。それについてしばらく考えてみたが、じきそれも放棄した。二人のウィリアム・ウィルソンがたがいを打ち消しあう、それだけのことだ。クインは頭のなかで彼らに別れの手を振った。メッツは今年も最下位に終わるだろう。それで誰も傷つきはしないだろう。

次に目が覚めると、陽がさんさんと部屋に差し込んでいた。床の上、彼のかたわらに、食べ物の載ったトレーが置いてあった。ローストビーフのディナーとおぼしき数皿から湯気が立っていた。クインは余計なことは考えずこの事実を受け入れた。驚きも不安も感じなかった。そうとも、と彼は胸のうちで言った、ここに俺のための食べ物が置いてあるのは完璧《かんぺき》にありうることなんだ。どのように、あるいはなぜこのことが起きたかに興味はなかった。部屋を出てアパートメントを一回りして答えを探すということすら思いつかなかった。代わりに、トレーに載った食べ物をしげしげと眺めた。ローストビーフの大きな二切れ以外に、小さなローストポテトが七個、アスパラガスが一皿、焼きたてのロールパン一個、サラダ、カラフェに入った赤ワイン、デザートにはくさび形に切ったチーズ数切れ、そして桃があった。白いリネンのナプキンが添えられ、銀器もきわめて上等だった。クインはその食べ物を食べた。だが半分しか食べられなかった。それが精一杯だった。

食事が済むと、赤いノートに書きはじめた。闇《やみ》が部屋に戻ってくるまで書きつづけた。天井の真ん中に小さな電灯がついていて、ドアの脇《わき》にスイッチがあったが、それを使う気にはならなかった。そしてまもなく、ふたたび眠りに落ちた。目が覚めると部屋に陽が差していて、床の上、彼のかたわらにはまた食べ物のトレーが置いてあった。食べられるだけ食べて、赤いノートに書く作業に戻った。

この時期の書き込みの大半は、スティルマン事件に関するもろもろの些細《ささい》な疑問だった。たとえば、なぜ自分は一九六九年のスティルマン逮捕をめぐる新聞記事を調べもしなかったのか。同年の月面着陸は何らかの形で事件とつながっていたか（この問題は仔細《しさい》に検討された）。スティルマンは死んだというオースターの言葉をどうして自分は真に受けたのか。卵をめぐる考察も試みられ、「よい卵《グッド・エッグ》（＝いい奴《やつ》）」「顔についた卵《エッグ・オン・ヒズ・フェイス》（＝不面目）」「卵を産む《レイ・アン・エッグ》（＝まったく受けない）」「二つの卵みたいに似ている《トゥー・ビー・アズ・ライク・アズ・トゥー・エッグズ》（＝瓜《うり》二つ）」等々のフレーズが書き出された。第一のではなく第二のスティルマンを尾行していたらどうなっていたか。旅人の守護聖人クリストフォロスがよりによって一九六九年、月面着陸と同時期にローマ法王によって聖人の地位を取り消されたのはなぜか。ドン・キホーテはなぜ、自分が愛する書物群と同じような本を素直に書く代わりにわざわざそれらの冒険を生きようとしたのか（この問いをめぐる詳察があとに続いた）。なぜ自分のイニシャルはドン・キホーテと同じなのか。いまあのアパートメントに住んでいる女はグランドセントラル駅で見かけた彼の本を読んでいた女と同じか。彼から連絡がとだえたあとヴァージニア・スティルマンは別の探偵を雇ったか。小切手は不渡りだったというオースターの言葉をどうして自分は信じたのか。ピーター・スティルマンをめぐる思い――いま自分がいるこの部屋でピーターは眠ったことがあるだろうか。事件は本当に終わったのか、それともひょっとして自分はまだ何らかの形で取り組んでいるのか。これまでの生涯に自分が行なってきた歩みをすべて図にしたらどんな地図ができるか。その地図は何という言葉を綴《つづ》るか。

暗くなるとクインは眠り、明るくなると食べ物を食べて赤いノートに書いた。それぞれの区切りにおいてどれだけの時間が経ったのか、わかったためしはなかった。もういまでは、日や時間を数えるのもやめていた。けれども、闇が少しずつ光を凌駕《りょうが》しつつあるようにクインには思えた。当初は陽光が支配的だったのに、光はだんだん弱く、はかなくなってきたように思えた。はじめは季節が変わったせいかと思った。秋分はもう間違いなく過ぎたはずだし、冬至もじきかもしれない。だが、すでに冬になって、そうした流れが逆転しはじめる時期になっても、闇の時間が光の時間をいっそう引き離しつつあることをクインは認めた。食べ物を食べて赤いノートに書く時間はますます短くなっていくように思えた。そのうちに、光の時間はほんの数分になってしまったように思えた。たとえばあるときは、食べ終えると赤いノートに文を三つ書く時間しかなかった。次に光が訪れると、今度は文二つがやっとだった。赤いノートに精力を注げるようにと、食事はどうしても我慢できないとき以外は省くことにした。だが時間はなおも減っていき、一口か二口食べただけで暗闇が戻ってくるようになった。電灯を点《つ》けようとは思わなかった。そこに電灯があることを、とっくの昔に忘れてしまっていたのである。

闇が増していく時期は、赤いノートのページがじわじわ減っていく時期と重なっていた。少しずつ、終わりは近づいてきていた。ある時点で、書けば書くほど、もはや何も書けなくなる瞬間の訪れが早くなってしまうということにクインは思いあたった。言葉一つひとつをじっくり考えるようになり、言おうとしていることをできるだけ簡潔に、明快に言おうと努めた。ノートのはじめの方で多くのページを無駄遣いしたことを後悔し、そもそもスティルマン事件について書こうとしたこと自体を悔やんだ。いまや事件は彼にとってずっと前の出来事であり、もうそれについて考えたりはしなかった。それは人生における別の場所へ至るための橋だったのであり、すでに橋を渡ってしまったいま、その意味も失われたのだ。クインはもはや自分自身に興味がなかった。星々について、地球について、人類に対する自分の期待について彼は書いた。自分の言葉がいまや自分から切り離されたように感じられた。いまやそれは世界全体の一部であって、石や湖や花と同じくらい現実であり固有なのだと思えた。もはやそれらは自分とは何の関係もなかった。自分の誕生の瞬間を彼は思い出し、母親の子宮からそっと引き出されたさまを思い出した。世界の無限の優しさを彼は思い出し、これまで自分が愛した人々一人ひとりの優しさを思い出した。いまではもう、そうしたことすべての美しさ以外はいっさいどうでもよかった。そのことを書きつづけたいと思った。それができなくなるのだと思うと胸が痛んだ。にもかかわらず、赤いノートの終わりに彼は潔《いさぎよ》く向きあおうとした。自分はペンなしで書く力があるだろうか、書く代わりに話せるようになれるだろうかと自問した——おのれの声で闇を満たし、言葉を発して空気のなか壁のなか都市のなかに送り出すのだ、たとえ光が二度と戻ってこないとしても。

赤いノートの最後の一文はこうである。「赤いノートにもう書くところがなくなったらどうなるのだろう?」

この時点を境に、物語は曖昧《あいまい》になっていく。情報は尽きたのであり、この最後のセンテンスのあとに続く出来事は永久に謎《なぞ》のままだろう。推測を企てることさえ愚かというものだ。

私は二月、吹雪がニューヨークを襲うほんの数時間前にアフリカ旅行から戻ってきた。その晩友人のオースターに電話すると、できるだけ早く会いに来てほしいとせがまれた。くたくたに疲れてはいたが、その声にひどく切実なものがあったので、断るわけにも行かなかった。

アパートメントで、オースターはクインについて知っているわずかなことを私に説明し、それから、自分が偶然かかわることになった奇妙な事件について語った。頭から離れなくなってしまったんだ、とオースターは言った。どうしたらいいか君の忠告を聞きたい、と彼は言った。話を聞き終えると、オースターがクインにかくも冷淡に接したことに私は腹が立ってきた。どうしてもっと積極的に関与しなかったのか、明らかに困っている人間をどうして助けてやろうとしなかったのか、と私はオースターを叱《しか》りつけた。

オースターは私の言葉を真剣に受けとめたようだった。実際、だからこそ君に来てもらったのさ、と彼は言った。やましい思いをずっと抱いていて、誰かに打ちあけずにはいられなかったんだ。信頼できる人間は君一人なんだと彼は言った。

それまで何か月か、オースターはクインの行方をつきとめようとしていたが、何の成果もあがっていなかった。クインはもう自分のアパートメントに住んでいなかったし、ヴァージニア・スティルマンに連絡をとろうとする試みも無駄に終わっていた。

そこまで聞いたところで私が、じゃあスティルマン夫妻のアパートメントを見てみてはどうかと提案したのである。なぜか私は、クインがそこへ行きついたものと直感したのだ。

私たちはコートを着て外に出て、タクシーで東六九丁目まで行った。雪は一時間前から降っていて、道路はすでに危険になってきていた。建物に入るのは訳なかった。ちょうど帰宅してきた住人にくっついてもぐり込めばよかった。エレベータで上に行き、かつてスティルマン夫妻が住んでいたアパートメントのドアまで行った。鍵《かぎ》はかかっていなかった。忍び足で中に入ると、どの部屋ももぬけの殻だった。奥にある、ほかの部屋と同じく塵《ちり》ひとつない小部屋の床に、赤いノートが転がっていた。オースターがそれを拾い上げて、ざっと中を覗《のぞ》き、クインのノートだと言った。それから彼はノートを私に手渡して、君が持っていてくれと言った。あまりに動揺していて、自分で持っているのは怖いというのだ。君が読む気になるまで預かっておくよ、と私は言ったが、彼は首を横に振り、もう二度と見たくないと言った。それから私たちはそこを立ち去り、雪のなかへ出ていった。いまや街全体が真っ白になっていて、雪はなおも、いつまでも止《や》まぬかのように降りつづけた。

クインについては、彼がいまどこにいるのか、私には何とも言えない。ここまで私は、赤いノートをできるかぎり忠実にたどってきた。物語に何らかの誤りがあるとすればすべて私の責任である。解読が困難な箇所もあったが、私としては最善を尽くし、いかなる解釈をさしはさむことも控えた。むろん赤いノートは、賢明な読者ならおわかりのとおり、物語の半分でしかない。オースターについては、彼のふるまいは一貫して許しがたいものだったと私は確信する。私たちの友情が終わってしまったとしても、彼としては自分を責めるしかあるまい。私自身については、私の思いは依然クインとともにある。彼はいつまでも私とともにいつづけるだろう。彼がどこへ消えていったにせよ、私は彼の幸運を祈っている。

訳者あとがき

一九八一年、現在の妻シリ・ハストヴェットと出会って人生の様相が（もちろん、いい方に）一変したのち、「彼女に出会えなければ自分がどうなっていたかを思い描こうとして」ポール・オースターは本書『ガラスの街』を書いた。

過去に他人が犯した愚をあと知恵で嗤《わら》うのはたやすいが、一九八五年、サン＆ムーン・プレスから刊行される前に、『ガラスの街』は十七の出版社に出版を断られた。世界中で、百万単位の読者に読まれるようになったいまとなっては、ほとんど信じがたい話である。ものすごく前衛的で破壊的で実験的な作品ならともかく、こんなにふつうに面白い作品が、どうしてそんなに多くの出版社に拒まれたのだろうと思ってしまう。

おそらくそれは、この小説が、探偵小説の枠組みを使って書かれていることが主な原因だったのだろう。探偵小説が伝統的に満たしてきた条件が、この小説でも満たされるものと期待して読むなら、たしかにこれほど奇怪な「探偵小説」はない。事実はいっこうに明らかにならないし、「探偵」は何ひとつ解決しない。「探偵」の行動に表面的な意味での一貫性はなく、むしろどんどん理不尽になっていく。きっと十七の出版社の編集者たちは、探偵小説の読者が暗黙のうちに期待する「答えを出すこと」「人物の言動に一貫性があること」といった条件を満たしていないがゆえに、聞いたこともない書き手（オースター？ アウスター？）から送られてきた原稿に「失格」の烙印《らくいん》を押したのだろう（オースターには関係ないが、世の中で為《な》される害悪のかなりの部分は、「無用な一貫性重視」によって為されている気がする）。

めでたく刊行されたあとでも、著者オースターをいささかがっかりさせたことに、『ガラスの街』は探偵小説として論じられることが多かった。エドガー賞にノミネートされたこともそのひとつの（まあそれ自体は肯定的な）表われと見てよいだろう。日本でも一九八九年、本書の初訳（『シティ・オヴ・グラス』、郷原宏・山本楡美子《ゆみこ》訳、角川書店）と、これに続く〈ニューヨーク三部作〉の残り二作『幽霊たち』『鍵《かぎ》のかかった部屋』が立て続けに刊行された際には、ミステリー評論家がこれら三冊をミステリーとして捉《とら》え、論じた評が多かった（むろんそのなかでも、池上冬樹の「それでいて読者を惹《ひ》きつけるのは、ミステリの伝統［本書の場合は私立探偵小説」にこだわり、そのなかで読者の欲望を巧みに外し、うまく新たな欲望を生産しているからである」といった評［『ミステリマガジン』一九八九年十月号］のように、伝統の転倒という事態を的確に指摘した評もあったが）。

だがこれはほんとうにあと知恵というもので、いまでこそ多くの読者が「オースターが型どおりの探偵小説など書くわけがない」と思ってくれるわけだが、当時はポール・オースターなる人物が何者なのか、アメリカでもごく一部の人しか知らなかったのである。名著『孤独の発明』はすでに書かれ出版されていたものの反響は限られていたし（ついでながら『孤独の発明』を出したのはニューヨークのサンという小さな出版社で、『ガラスの街』を出したサン＆ムーンといかにも関係がありそうだが、後者はロサンゼルスの小さな出版社であり前者とは無関係。もうひとつついでながら、サンの当時の刊行書リストを見るとほとんどが詩集だが、そのなかの数少ない散文の書物が『孤独の発明』と、バリー・ユアグローの『一人の男が飛行機から飛び降りる』である。親近感を覚えずにはいられない）、ランダムハウス社刊のフランス現代詩アンソロジー編纂《へんさん》という重要な仕事もすでに為していたし、『空腹の技法』に収められた緊張感あふれる評論も書いていたし、むろん自身の詩集も何冊か出していたが、それを知る人は、詩人仲間や、知識人向けの書評紙『ニューヨーク・レビュー・オブ・ブックス』の読者に限られていたようである。

いずれにせよ、「これは（誰にとっても、客観的に）こういう小説なのだ」と決めつけない限り、どう読むかは読者の自由である。僕自身も、『ガラスの街』のペーパーバックを初めて読んだときに、まず圧倒的に惹きつけられたのは、その透明感あふれる文章であり、そして、作品がはじまってまもなくに現われる次のような一節だった。

ニューヨークは尽きることのない空間、無限の歩みから成る一個の迷路だった。どれだけ遠くまで歩いても、どれだけ街並や通りを詳しく知るようになっても、彼はつねに迷子になったような思いに囚《とら》われた。街のなかで迷子になったというだけでなく、自分のなかでも迷子になったような思いがしたのである。散歩に行くたび、あたかも自分自身を置いていくような気分になった。街路の動きに身を委《ゆだ》ね、自分を一個の眼に還元することで、考えることの義務から解放された。それが彼にある種の平安をもたらし、好ましい空虚を内面に作り上げた。世界は彼の外に、周りに、前にあり、世界が変化しつづけるその速度は、ひとつのことに長く心をとどまらせるのを不可能にした。動くこと、それが何より肝要だった。

片足をもう一方の足の前に出すことによって、自分の体の流れについて行くことができる。あてもなくさまようことによって、すべての場所は等価になり、自分がどこにいるかはもはや問題でなくなった。散歩がうまく行ったときは、自分がどこにもいないと感じることができた。そして結局のところ、彼が物事から望んだのはそれだけだった——どこにもいないこと。ニューヨークは彼が自分の周りに築き上げたどこでもない場所であり、自分がもう二度とそこを去る気がないことを彼は実感した。

ゼロになることの快感。アメリカ文学という、絶対的に自分自身であろうとする人びと、ゼロどころか全てであろうとする人びとを描きがちな伝統を優雅に脱臼《だっきゅう》させたようなこの一節は、一読してとても新鮮に思えた。伝統に対する安易な批判というよりは、「そうかこの手もあったか」と思わせる、伝統を違った形で蘇生《そせい》させるバリエーション。そういう要素に、僕は何よりもまず反応した。だがむろんこれにしたところで、たしかに「私とは何者か」という重要テーマの出発点になっているとはいえ、それ自体で作品の主眼なのではない。

今回新たに訳してみて、むろんこれらの要素にも依然として惹かれたが、それと同等に、もしくはそれ以上に、透明感あふれる文章が崩れるような箇所（ピーター・スティルマンの長い独白、クインがニューヨークの街を歩く描写、クイン自身によるニューヨークの人びとの観察など）に惹きつけられた。端正で音楽的な文章を、むしろ内側から食い破るような要素――考えてみればそういった箇所がオースター作品にはつねにどこかで現われるのであり、それがあるからこそ、透明な文章の美しさもよりいっそう活《い》きるのだろう。

独特の魅力的な非在感がある文章なので、訳文を作成する上で、本文中に注を入れるのは避けたかった。代わりにここで、三点だけ、簡単な説明を記す。

第七章95ページ、「バートルビーの窓と、バートルビーの前に立ちはだかるのっぺらぼうの煉瓦《れんが》の壁が見えた」は、ハーマン・メルヴィルの代表的短篇「書写人バートルビー」（一八五三）への言及。法律事務所で雇われたバートルビーは、当初は書写の仕事だけは熱心にやるが、そのうち何もしなくなり、窓の外の、のっぺらぼうの煉瓦の壁をただ見つめて立っているだけになってしまう。ここで語り手がほのめかしているように、『白鯨』『ピエール』がまったくの不評に終わり読者もいなくなった書き手メルヴィルの影をそこに見てとるのは、「バートルビー」のきわめて古典的な読み方である。

第八章114ページ、「落書きのキルロイが生命を帯びたみたいに目だけノートの上に出してみた」は、第二次大戦中アメリカ兵が各地に書き残していった有名な落書きを指す。落書きにはつねにKILROY WAS HEREという言葉が添えられた。その一例（訳者作）を添える。

第九章156ページ、「ジョージ・ワシントンは木を切り、金を投げ捨てた」の、「木を切り」はむろんワシントンの「正直さ」を伝える桜の木神話のことだが、「金を投げ捨てた」の方は彼の「たくましさ」を伝える同様に有名な神話で、ワシントンがまだ若いころ一ドル銀貨をポトマック川の向こう岸まで投げたというもの。現実には、ワシントンが若かったころ、そもそも一ドル貨はまだ存在しなかった。

一九八五年から八六年にかけての〈ニューヨーク三部作〉の成功から以後、オースターはほんとうにコンスタントに上質の作品を生み出しつづけている。もう何度も書いたが、現代アメリカを代表するこの素晴らしい作家の主要訳者になれたことの幸運を、つくづく有難く思う。以下に、主要作品のリストを記す（特記なき限り訳は柴田)。

The Invention of Solitude (1982)『孤独の発明』(新潮文庫)

City of Glass (1985) 本書/『シティ・オヴ・グラス』(郷原・山本訳、角川文庫)

Ghosts (1986)『幽霊たち』(新潮社、新潮文庫)

The Locked Room (1986)『鍵のかかった部屋』(白水Uブックス)

In the Country of Last Things (1987)『最後の物たちの国で』(白水Uブックス)

Disappearances: Selected Poems (1988)『消失 ポール・オースター詩集』(飯野友幸訳、思潮社)

Moon Palace (1989)『ムーン・パレス』(新潮文庫)

The Music of Chance (1990)『偶然の音楽』(新潮文庫)

Leviathan (1992)『リヴァイアサン』(新潮文庫)

The Art of Hunger: Essays, Prefaces, Interviews (1992)『空腹の技法』(柴田・畔柳《くろやなぎ》和代訳、新潮文庫)

Mr. Vertigo (1994)『ミスター・ヴァーティゴ』(新潮文庫)

Smoke & Blue in the Face: Two Films (1995)『スモーク&ブルー・イン・ザ・フェイ

ス』（柴田ほか訳、新潮文庫）

Hand to Mouth: A Chronicle of Early Failure（1997）エッセイ集、日本では独自編集で『トゥルー・ストーリーズ』として刊行（新潮文庫）

Lulu on the Bridge（1998）『ルル・オン・ザ・ブリッジ』（畔柳和代訳、新潮文庫）

Timbuktu（1999）『ティンブクトゥ』（新潮社）

I Thought My Father Was God（2001）編著『ナショナル・ストーリー・プロジェクト』（柴田ほか訳、新潮社、新潮文庫ⅠⅡ／CD付き対訳版全五巻、アルク）

The Book of Illusions（2002）『幻影の書』（新潮社）

Oracle Night（2003）

Collected Poems（2004）『壁の文字　ポール・オースター全詩集』（飯野友幸訳、ＴＯブックス）

The Brooklyn Follies（2005）

Travels in the Scriptorium（2007）

Man in the Dark（2008）

Invisible（2009）

すでに触れたように、この本には既訳があり、自分が訳せる機会は永久に来ないとあきらめていたが、雑誌一挙掲載という離れ業を思いついてそれを可能にしてくださったのはスイッチ・パブリッシングの新井敏記《としのり》さんである。新井さんのおかげで、まず『Coyote』21号に拙訳『ガラスの街』を載せることができた。今回、単行本化にあたっては、いつものように加筆した。そしていつものように、新潮社出版部の森田裕美子さんにお世話になった。どうもありがとうございます。

二〇〇九年九月

柴田元幸

文庫版のためのあとがき

柴田元幸

本書『ガラスの街』単行本が二〇〇九年に刊行されたあとも、ポール・オースターは着々と作品を発表しつづけている。書名は以下のとおり。

Sunset Park（2010）　小説
Winter Journal（2012）　回想録
Here and Now: Letters (2008–2011)（2013）　往復書簡（J・M・クッツェーとの共著）
Report from the Interior（2013）　回想録（二〇一三年十一月刊行予定）

回想録が二冊出ていることが目を惹《ひ》く。散文作家としては小説でなく、（一種の、という限定をつける必要はあるにせよ）回想録『孤独の発明』からスタートしたオースターが、六十代に入って、一種の円環を完成させつつある観がある。といっても、決してこれで終わりということではなく、ここで一区切りつけて、さらに先へ進もうとしている意気を感じる。

二〇一三年五月には、ニューヨークのアジア・ソサエティで、*Monkey Business* 英語版第三号刊行記念を兼ねた、PEN『世界の声』文学祭イベントでオースターは高橋源一郎氏と対談し、両者なかなかウマの合うところを見せて観客を魅了した。この対談の模様は、スイッチ・パブリッシングから秋に刊行される雑誌『Monkey』に、オースターが六〇年代末に書きためていた未完の習作集とともに翻訳を掲載する予定である。

本書単行本の刊行後、邦訳としては『オラクル・ナイト』『ブルックリン・フォリーズ』が刊行され（柴田訳、新潮社）、また『ティンブクトゥ』『幻影の書』が文庫化された（新潮文庫）。

『ガラスの街』原作がアメリカで出版され、オースターが小説家として世に出てから二十八年。長年のファンもいるし、若い世代にも新しい読者層が生まれているように思う。本人がこれからもますます活躍してくれることと、ますます多くの読者が生まれてくれることを期待する。

二〇一三年七月

この作品は二〇〇九年十月新潮社より刊行された。

P・オースター
柴田元幸訳
幽霊たち
探偵ブルーが、ホワイトから依頼された、ブラックという男の、奇妙な見張り。探偵小説？哲学小説？ '80年代アメリカ文学の代表作。

P・オースター
柴田元幸訳
孤独の発明
父が遺した夥しい写真に導かれ、私は曖昧な記憶を探り始めた。見えない父の実像を求めて……。父子関係をめぐる著者の原点的作品。

P・オースター
柴田元幸訳
ムーン・パレス
日本翻訳大賞受賞
世界との絆を失った僕は、人生から転落しはじめた……。奇想天外な物語が躍動し、月のイメージが深い余韻を残す絶品の青春小説。

P・オースター
柴田元幸訳
偶然の音楽
〈望みのないものにしか興味の持てない〉ナッシュと、博打の天才が辿る数奇な運命。現代米文学の旗手が送る理不尽な衝撃と虚脱感。

P・オースター
柴田元幸訳
リヴァイアサン
全米各地の自由の女神を爆破したテロリストは、何に絶望し何を破壊したかったのか。そして彼が追い続けた怪物リヴァイアサンとは。

マーク・トウェイン
柴田元幸訳
トム・ソーヤーの冒険
海賊ごっこに幽霊屋敷探検、毎日が冒険のトムはある夜墓場で殺人事件を目撃してしまい——少年文学の永遠の名作を名翻訳家が新訳。

P・オースター
柴田元幸訳

トゥルー・ストーリーズ

ちょっとした偶然、忘れがちな瞬間を掬いとり、やがて驚きが感動へと変わる名作「赤いノートブック」ほか収録の傑作エッセイ集。

P・オースター編
柴田元幸他訳

ナショナル・ストーリー・プロジェクト（I・II）

全米から募り、精選した「普通」の人々のちょっと不思議で胸を打つ実話180篇。『トゥルー・ストーリーズ』と対をなすアメリカの声。

P・オースター
柴田元幸訳

ティンブクトゥ

犬でも考える。思い出す。飼い主の詩人との放浪の日々、幼かったあの頃。主人との別れを目前にした犬が語りだす、最高の友情物語。

P・オースター
柴田元幸訳

幻影の書

妻と子を喪った男の元に届いた死者からの手紙。伝説の映画監督が生きている？　その探索行の果てとは——。著者の新たなる代表作。

カポーティ
村上春樹訳

ティファニーで朝食を

気まぐれで可憐なヒロイン、ホリーが再び世界を魅了する。カポーティ永遠の名作がみずみずしい新訳を得て新世紀に踏み出す。

B・クロウ
村上春樹訳

ジャズ・アネクドーツ

ジャズ・ミュージシャンが残した抱腹絶倒、荒唐無稽のエピソード集。L・アームストロング、M・デイヴィスなど名手の伝説も集めて。

B・クロウ
村上春樹訳
さよならバードランド
―あるジャズ・ミュージシャンの回想―
ジャズの黄金時代、ベース片手にニューヨークを渡り歩いた著者が見た、パーカー、マイルズ、モンクなど「巨人」たちの極楽世界。

J・フジーリ
村上春樹訳
ペット・サウンズ
恋愛への憧れと挫折、抑圧的な父親との確執……。ビーチ・ボーイズの最高傑作に隠された、天才ブライアン・ウィルソンの苦悩。

J・アーヴィング
筒井正明訳
ガープの世界
全米図書賞受賞（上・下）
巧みなストーリーテリングで、暴力と死に満ちた世界をコミカルに描く、現代アメリカ文学の旗手J・アーヴィングの自伝的長編。

R・ブラウン
柴田元幸訳
体の贈り物
食べること、歩くこと、泣けることはかくも切なく愛しい。重い病に侵され、失われゆくものと残されるもの。共感と感動の連作小説。

H・ジェイムズ
蕗沢忠枝訳
ねじの回転
城に住む二人の孤児に取りついている亡霊は、若い女性の家庭教師しか見ることができない。たった一人で、その悪霊と闘う彼女は……。

R・ブローティガン
藤本和子訳
アメリカの鱒釣り
軽やかな幻想的語り口で夢と失意のアメリカを描いた200万部のベストセラー、ついに文庫化！　柴田元幸氏による敬愛にみちた解説付。

Title: CITY OF GLASS
Author: Paul Auster
Copyright © 1985 by Paul Auster
Japanese translation rights arranged with
Paul Auster c/o Carol Mann Literary Agency, New York
through Tuttle-Mori Agency, Inc., Tokyo

ガラスの街《まち》

新潮文庫　オ－9－0

Published 2013 in Japan
by Shinchosha Company

平成二十五年九月一日発行

訳者　柴《しば》田《た》元《もと》幸《ゆき》
発行者　佐藤隆信
発行所　株式会社 新潮社
郵便番号　一六二―八七一一
東京都新宿区矢来町七一
電話 編集部(〇三)三二六六―五四四〇
読者係(〇三)三二六六―五一一一
http://www.shinchosha.co.jp

価格はカバーに表示してあります。

乱丁・落丁本は、ご面倒ですが小社読者係宛ご送付ください。送料小社負担にてお取替えいたします。

印刷・株式会社光邦　製本・株式会社植木製本所
© Motoyuki Shibata 2009 Printed in Japan

ISBN978-4-10-245115-1 C0197